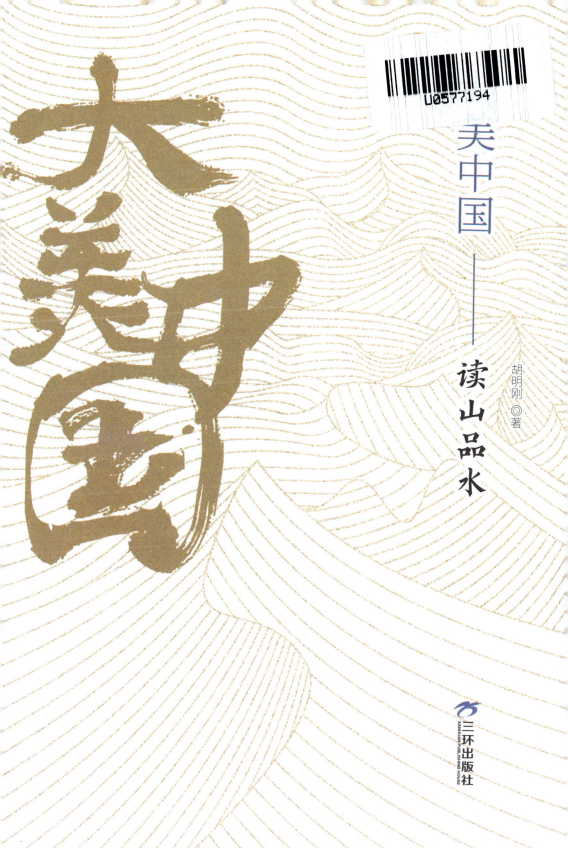

大美中国

读山品水

胡明刚◎著

三环出版社
SANHUAN PUBLISHING HOUSE

图书在版编目（CIP）数据

读山品水 / 胡明刚著. —— 海口：三环出版社（海南）有限公司, 2024.9. ——（大美中国）. —— ISBN 978-7-80773-279-2

Ⅰ. I267

中国国家版本馆 CIP 数据核字第 2024FZ1725 号

大美中国　读山品水
DAMEI ZHONGGUO　DU SHAN PIN SHUI

著　　　者	胡明刚
责任编辑	卢德花
责任校对	张华华
装帧设计	吕宜昌
出版发行	三环出版社（海口市金盘开发区建设三横路 2 号）
	邮　　编　570216　　邮　　箱　sanhuanbook@163.com
社　　　长	王景霞　　总 编 辑　张秋林
印刷装订	三河市同力彩印有限公司
书　　　号	ISBN 978-7-80773-279-2
印　　　张	13
字　　　数	150 千字
版　　　次	2024 年 9 月第 1 版
印　　　次	2024 年 9 月第 1 次印刷
开　　　本	690 mm × 960 mm　　1/16
定　　　价	68.00 元

读山品水
Contents 目录

通州，通州

走进通州

在通州住了三年了，朋友打电话来问："你住北京哪儿地？"我说是"通州"，那头的人大惑不解，什么，台州？你什么时候回家啦？我想电话信号不好，我的话语失真了。台州，通州，声音相近，总给人一种错觉。宋人云，暖风熏得游人醉，直把杭州

◎ 通州的地铁与街道

作汴州。杭州和汴州，一南一北，都是宋代的国都，已经是时过境迁了。台州是江南，通州在江北，旨趣自然是不同的。而我是个漂泊者，从台州到通州，是怀抱着某些希望和理想来的。不一样，就是不一样。

我喜欢通州。通州是个吉祥的名字。四通八达，条条道路通罗马，而在这里，条条道路通京城。通州本来就是交通要道，通州的通字，让我像"喝了咱的酒，上下通气不咳嗽"，心胸通达了，自然文运亨通，时运亨通，一切亨通。作为一个文化人，住在通州，肯定是有通达转运的时候的。

我的许多艺术家朋友都乐意住在通州。通州的通是挺温馨的。通州有我的好朋友、好老师，尤其是运河的风景。我已经将他乡认作故乡了。

大运河北端

我带着好运，从家乡来，牵系着南北的情绪。大运河，一头连着京城，一头连着江南，连着我老家的杭州。在过去，我可以沿着这条大运河，顺流回家。

我住的地方就是运河西大街，要走四五里路，才能到达运河边上，那里就是运河的北端，最近新建了一个运河文化广场，这不是古迹，古迹早已被运河的流水冲走淹没了。广场的新建，据说是为了弘扬运河的文化，实际上是人们休闲的场所，树木是新植的，曲径花坛，与北京别的公园没什么区别，相比起来，它依着运河而建，有好几公里，因此显得空阔得很，有几座彩绘的牌楼，有一些别致的石凳石桌。运河两岸的微缩景观，从杭州一路北上，几千里的风景线全凝集在雕塑之中。除此，还有许多广场鸽。就像我居住的小区，有时代的气息，但是少了一些古意。

我喜欢坐在运河的边上，看那些高张着帆的航船在这里起锚，听脚下低低的水声。眼前所见的是一些凝固的雕塑，所听到的是一些嘈杂不堪的音乐。在这里水声是沉寂的，几乎于无。在夕照下，河床露出，沉沙泛起，运河的水浅了；见不得以前的那些画舫。两岸的树木和蒹葭，还有那些水鸟的影子，全落入鳞次栉比的高楼背后。或许能勾起我怀念的，是河边残留的石阶和残破的堤堰。在我的想象中，运河不是静止的，是流动的，是流动的经济和文脉，从隋代开始，从京华一直南流，贯穿着黄河和长江，一直流向江南。我忽然觉得杭就是航的意思，一苇杭之，无论是北京还是杭州，都是出发点，也是归宿地。

我一直设想运河边摇曳的杨柳或浅滩中的水草，而现在只有微风的浅唱低吟中，早已是黝黑的一片，那是上游的四合院和写字楼的人们时尚生活的产物，是都市生活极富营养化的象征，也洋溢着奢侈腐败变质的味道。但历史通过这些黝黑和变质的味道重新呈现并明晰出来，展示着人性的优点和缺点。大运河的开凿，据说也是隋炀帝为满足他的豪华之旅，倾一国资财而成就的大业。这不朽的功绩不亚于秦始皇的万里长城，在这运河里的转角处，让我们看见沧桑岁月中不约而同的拐点。运河上巨型的画舫，是不是隋炀帝的迷楼？歌舞升平之中，穷奢极侈之间，满足酒色财气的欲望。恰恰是这欲望，形成了别致的文化。在运河北端，我看见了华丽的故宫、颐和园、圆明园，以及那些摆放在玻璃柜子中供人观看的价值连城的华贵钟鼎彝器和书画金玉。在运

◎ 通州运河文化广场

河边我所看见的是一些凝固的影子，那些万乘之尊的荣耀的文治武功，早已成为一团烂泥，泛不起半点的波痕和泡影。但运河留下的，仿佛成了历史的记忆；开凿运河的人们，似乎成为历史的可有可无的点缀。中国的历史，世界的历史，都是围绕着几个人来演绎，成者为王，败者为寇，皆以成败论英雄。想当年隋炀帝在运河的画舫上，对着自己的脸说，如此头颅谁敢斫之？但竟然一语成谶，被手下宇文化及斩落了。运河啊运河！我想起流逝如水的时间。人民无奈为君王创造历史，但他们也成就了舟楫航行的便利。

永顺·八里桥

我刚下了火车，出了北京站，接我的是苏燕贵伯伯和阿慧的朋友史壹可，我们马不停蹄，登上 938 路公交车。苏伯伯的家就在永顺镇，永顺与通州一样，是吉祥的，永远顺利。苏伯伯告诉我，这永顺是皇宫的木料场，通过运河的航船，木料先在这里周转，然后运到紫禁城。用来建筑宫殿，制作宫中的家具陈设。现在这个木料场早已销声匿迹了，代之而起的，是首尾相接的居民小区，我住的永顺南里，就在运河的边上，沿着运河就可以直接通向北京城了。

我住的那所房子四面开窗。南面有房屋遮挡，看不清运河的模样，但是东面毫无遮拦，透过疏密不一的法国梧桐的枝条，远处的高塔赫然在目，设想天气晴朗的早晨，我看见太阳就在那塔边上升起，橘红色的光是运河水的映照。阳光把我的身影投射到白墙上，宛如幻灯。我在阳光和塔影中，舒展身臂，深吸清新的空气。但我不能久久地注目，因为阳光和水光，能晃花我的眼睛。我得工作，迎着太阳，往东行走，然后南转。跨过运河上的大桥。运河的两岸全是居民小楼，两边都是水泥筑就的堤坝，尽管是运河，但没了自然的气息。我坐938"就傻发"的车，一路顺当，过八里桥。八（8）里桥也是会"发利的桥"，它在水面上的桥洞与倒影，组成了许多的圆孔，如同北京城佩戴的一把钥匙。我坐着带8字的班车上班下班——938，848，668，"8"这个数字，总让我想起许多，比如中国结，比如蘑菇云的形状，9·18事变，八（8）国联军。侵略者攻破卢沟桥和八里桥，就势如破竹，直捣中国的皇宫心脏了。

永顺，是个好词，无论敌我，一视同仁，让我感到喜悦和悲伤。

我坐668到城区，一天见到两次八里桥，去时朝霞漫天，回时，暮色苍茫。八里路两旁都是闪耀的灯光，车子高速前行，这些彩灯，成为流动的线，与运河的倒影合而为一，成为一个和谐的整体，也让我感到一种时光的迢递。我深层领会到通州和永顺

的含义。我在本子上写了这样的诗句：

我们走的都是闪光的路。
来的来了，去的去了。
该停留的还是要停留，
该守候的还是要守候。

我们在行走，注重的
只是过程，而不是结果。
那是因为，过程比结果
更为重要！

这是我在漂泊旅途中的一种闪念，也是由衷的感悟。在沿运河前进的车上，我渴望着流动，流动的水，流动的光，流动的路，在流动中，我明白了生命的本质。在居住的地方，我渴望生

八里桥

○ 八里桥的石狮子和桥下的运河

沽永远顺利。

永顺，是吉祥的名字，我住在永顺，抑郁的心情也就舒畅起来。

儒林·姚家园

读通州的书，得知这里出了三个大作家，一个是浩然，另一个是刘白羽，还有一个是刘绍棠。浩然和刘白羽的文学生命与政治运动紧密地联系在一起，写出来的作品政治味道太多，也不怎么纯净，在通州的旧书摊里我找到浩然的《艳阳天》《金光大道》《欢乐的海》《西沙儿女》。上初中的时候读过，现在读不下去了。刘白羽的文字还是很豪放的，有气势，文字也很美，但充斥着的主旋律太强了，似乎有点单调。相比起来，刘绍棠比较自在一些。人们将他当作新时期的乡土作家，他写的是我身边的这一段的运河，我在旧书摊里找到了他的许多作品，先是《运河的桨

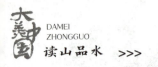
声》《敬柳亭说书》，然后是《蒲柳人家》《瓜棚柳巷》《蒲剑》《荇水荷风》，他的文字使我看到运河边的草木。刘绍棠和他笔下的运河人家，成了中国乡土文学史册中的重要章节。当浩然在他的《金光大道》和《艳阳天》上阔步前进的时候，刘绍棠倒了运，回到了老家儒林村，当了一个农民——受人监视的农民，毫不自在的农民。

刘绍棠回到了故里，如鱼得水，如牛得草。儒林村的人照样把他当成一个大作家来看，非常尊敬，毕竟他是一个神童，13岁就发表作品，16岁写的小说进了大学的教材，全中国也没有，全世界也没有。这是儒林村的骄傲。

儒林村靠着运河，那里的菰蒲柳巷，成了刘绍棠的真正的

◎ 通往儒林村的路

家。儒林村生养了刘绍棠，也在急难之中救了刘绍棠的命。新华联家园北门有许多通州当地人开的出租车。他问我到哪里去，我说到儒林村。儒林，刘绍棠的家。你们是搞文学的！我们到运河边上儒林村。儒林村，一个风景很平常的小村，很安静，但是因为刘绍棠的文字，许多人都想到那里去走走，见识见识刘绍棠笔下的风情。

司机开着车，在黄土路上扭着秧歌，到了运河边。你从东面进去还是西面进去？东面进去，你们沿着林荫道，可以横穿全村，一路上看到运河景色，我让司机在岔路口上停车，一路上，我和阿慧、小山坡牟着手，走在白杨林下。白杨林的深处露出几间屋顶，上有字迹"运河人家"。这是一个度假村，取的名字就与根据刘绍棠大运河乡土文学系列作品改编的电视剧同名，看来文学的影响力是深远而强大的。

在运河人家歇息，小坐了一会。又继续走路，看见许多柳树，柳枝在风中摇动，二公里左右，林荫道毕。儒林村的街道出现在眼前。村庄低矮的四合院，灰色的墙，在许多家的院子里，看到一些树，一些瓜果，以及小孩子的尿布和大人的衣裤，家家户户的大门敞开着。灰头土脸并没有什么坏处，自然，自在。刘绍棠很喜欢这里的灰头土脸，如果在城区，他或许变成了老舍第二。他幸运，在老舍投湖的当天夜晚，他私下溜了，跑了。他投河了，投奔儒林村里的大运河。刘绍棠人虽然高大，但是个近视眼，文弱书生一个，村里收留了他，他背着箩筐，在运河边捡粪，然后在运河边放牛、在村中的一处小屋里读书。村里没人批斗他。城里的人想批斗刘绍棠，也被村里人挡了回去，村里人不忍心，知道他是落难的才子。何必在人家的伤口上撒盐，何必落井下石，何必非把人家逼到死地不可呢？儒林村民的这种善良，使这个村庄成了刘绍棠的避难所。

儒林村周围少有茂密和高大的杨柳树，文学的蒲柳人家，在运河的边上，很美。街道很空旷，连摆摊的人都没有。许多人在街道上摊谷子，晒玉米，带荚子的黄豆秆直接摊在路上，任人踩踏，任车碾轧。街道成了公用的晒场，车辆成了免费的脱粒机。这些谷物没有人看管，鸡鸭在上面乱跑，吃一些也无所谓，农民倒不在乎这个。街上没有人，只有我们三个，很显眼。空落的街道成了我的背景，我成了谁的背景呢？

◎ 儒林村道

村道的中部，有一个副食杂货小店。我走累了，口渴了，肚饿了，就进去，买一瓶矿泉水、几个面包、几根香肠。店主说，听你们的口音，不是北京人，而是南方的。我说对，是浙江的。那你到这里做什么？我说，我来看刘绍棠的。他说，哦，刘绍棠，我的同学，上下届，从小写作就好。他小学三年级是在儒林村读的，五年级就到几里外的沙古堆读了，在潞河中学读中学，中学还没有毕业就参加工作了。

潞河是大运河北端的一条支流，与白河、温榆河、张家湾汇合在一起，过果园环岛，北行就是潞河中学，对面是潞河医院。我知道，中学的后面有一家书店，还有一个农贸市场。在潞河苑农贸市场的旧书摊中，翻到一本潞河中学的校志，刘绍棠在铜版纸上微笑，题字赫然在目，摊主要价太高，没有买下。店主说，没想到刘绍棠后来就成了一个全国闻名的作家了，因为写作发达，也因为写作落难，大起大落的；而他本人平平安安，后来就在一个工厂搞技术，现在退休了，就开了这家小店，享受天年，比绍棠长寿，绍棠过世得太早了，有些可惜。现在这里找不到他的家了，他原来住的房子就在前面，现在已经被翻盖了。我准备去看看，因此按照店主指引的方向走到刘绍棠的旧居，是个小平台，里面养了两条大狼狗。见我们来了，它们狂吠不已，把铁链挣得"当啷当啷"地响。因此，我们就退了回来。

重新回到小店。店主正在吃饭，说一起吃饭吧，我说不吃了。他说儒林村没有刘绍棠任何遗迹，他以前在运河边上的房子老早就被人扒了，他的家人也不住这里了。你想了解他的故事，我可以推荐一个人，那就是杨广芹。对于刘绍棠，她了解得更多。刘绍棠当时就住在她家写小说，不少人物都是以她为原型写出来的。可以说，这个人是刘绍棠小说创作的关键人物，杨广芹的事迹我在北京晚报上读到过。

店主名叫宋凤义，他给我写了一张纸条，写上他自己的电话号码，然后是杨广芹的地址——张家湾镇南姚园村以及她的

电话号码。我们告别了宋先生，三个人一起往西走，走出街道看见一个路牌——"儒林村"。再往西，路两旁是高大的白杨树，不管朝哪个方向看，都很清幽，仿佛置身于森林之中。白杨林之中有农舍，屋顶、外墙全被藤萝爬满，像是一个童话的世界。但是真正的童话离我们很遥远——儒林村不是童话，刘绍棠的小说不是童话。

从白杨林里走出来，就到了沙古堆。沙古堆是一个小车站，旁靠着运河，从沙古堆坐 938，可以回到新华联家园。要到儒林村，先到沙古堆，再打摩的或者三轮车，或者徒步进入，对于我来说，更喜欢的是徒步。

我在沙古堆坐上了 938，到了土桥后坐 938 支 1，经过张家

◉ 刘绍棠小说就是在这样的房子里写出来的

湾往南开，到姚家园。姚家园的村庄和站点间需要走一段很长的机耕路。路两旁庄稼地都围着铁丝网和篱笆，里面种着许多葡萄和瓜果。到了村口，碰见一个人就问：杨广芹的家在哪？那人头也不回地说，你们进去向东拐弯就是。杨广芹的家赫然在目。杨广芹把我们迎进门，问：你是记者？我说不是记者，是读者。我在寻找刘绍棠。我是看了报纸后，听儒林村的老宋先生介绍才过来的。她问：你有介绍信吗？我说我没有，我是写作爱好者，喜欢刘绍棠。他是全国为数不多的写农村的作家，我是农民作家，所以我一到通州就找过来。我说我在高中读的第一篇小说，就是刘绍棠写的民间故事一样的《蛾眉》。

阿惠说，这也是一种因由，按佛教的说法就是缘，她觉得这种缘分就是一个很好的传奇。她在1997年到北京求学，在第一个星期日就与同学一起寻找刘绍棠，最后在玉米地里迷了路，当时刘绍棠已经去世半年了。

杨广芹给了我们每人一个橘子——运河边的橘子，一掰开，运河的甜水四溅。

阿惠说，当时我们不知道刘绍棠家就在儒林村，直到现在在通州住下才知道运河边有这样的一个村庄，是刘绍棠传奇故事的发生地，离我们如此地近。儒林村，使我想起了《儒林外史》，全是读书人。

杨广芹说，其实这个村庄里住的人，是落难的外地人，穷得只有一根筋。她说，儒林村里的沙古堆，就是很早的时候修筑堤坝，防止运河水的肆虐，儒林村穷，出不起资，就被圈在堤坝外面了。一到七八月份，村子就因运河涨水而受灾，村里的人就只好把自己的院子垫高，所以，这个地方也就成了沙土堆积起来

的。杨广芹说，儒林村的村名是为了纪念很久很久以前逃荒来的一个小伙子，他做了一件很大很大的善事，后人以这个名字做纪念。也有人说，这是清代一个旗人的跑马地，是旗人的娱乐场所。儒林村的村名是中华人民共和国成立后改的。

杨广芹告诉我们说，她的爷爷是刘绍棠家的长工，对刘非常地照顾，外面一听到消息要揪斗刘绍棠，刘就翻过篱笆墙，躲到杨二弟的房间里。平时他们一起在杨家讲运河的故事。当年刘绍棠落难回村的时候，杨广芹才初中毕业，在村里管广播，也管菜园卖菜。当时是大集体，每户农家食用的菜，还是统一分配。刘绍棠被打入另册，总是最后一个来领菜。僵僵缩缩的，杨就给他留了一份，并送到刘绍棠的家里。她喜欢阅读，就向刘绍棠借书，内心是很崇拜的，就处处关心他。刘绍棠在痛苦、孤独之时，遇到这样的一个关心他的人，就将其当作真正的知己，把自己的喜怒哀乐写成许多书信，借着去运河放牛的机会塞在她的手上。杨广芹说着，在抽屉里拿出刘绍棠的亲笔书信，厚厚的一大摞。

这是1972—1997年的信，一直写了整整25年。杨广芹说，这是刘绍棠的每年一次的祝福，这是25年的祝福。杨广芹一直保存了25年。当然，因为当年的地震搬家，因为担心政治上的问题，烧毁的也很多。在信中，刘绍棠谈的是小说的构思，还有鲜为人知没有公开的情感故事。

杨广芹给我看刘绍棠的信。在信中，刘说，杨成了他的依靠，是他创作小说的动力。为了刘绍棠，杨尽自己最大的力量保护他，甚至放弃了三次上大学的机会，并好几次推迟了自己的婚期。在刘绍棠平反之后，在一个大年三十的夜晚，杨带着两个箱子——一个箱子装着衣物，另一个装着书信，离开了儒林村，嫁到了南姚园。

杨广芹说起这些事的时候很平静，在她的家里谈刘绍棠如聊家常，我对刘又有了新的了解。回来后我再读刘绍棠的作品，发现有许多谈到杨，说许多作品都是在杨的鼓励下写出来的，杨广芹是刘绍棠小说的第一读者，在她的帮助下，刘写出了《地火》《春草》《狼烟》，后来，杨出嫁了，刘绍棠也到南姚村，把她家当成自己的堡垒户，写出了《蒲柳人家》《芳年》《两草一心》《二度梅》《鹧鸪天》《渔火》，等等。

◎ 儒林村的农家房舍

在那里，吃榆钱饭，吃打糊饼，在刘绍棠的小说里，杨成了桂香，成了鹃妹。

杨广芹保护刘绍棠的故事，儒林村的人大都知道。难怪老宋这样向我们推荐了她。刘绍棠在信中口口声声地说，你是我的恩人，你是我的春草娘（春草是刘绍棠小说的名字）。我在儒林村1972年至1982年这十年，你是最了解的，希望你写一写，刊登发表，公开出来。他在生前也希望早日公开出来，但总是事与愿违。刘没有实现生前的愿望，总是很遗憾的。

那天离开杨的家，已经是夕阳西下，杨广芹不再是当年刘绍

◎《心安是归处：我和刘绍棠》书影

棠笔下的水灵模样，显得有些苍老，她倚着门框，说欢迎再来。平静，充满微笑。

时间悄悄地过去，刘绍棠和儒林村渐渐在记忆中淡去。一天早晨，接到杨广芹的电话，她说，很想找你聊聊。因为你是走访我的人当中最诚实的一位，现在，我把所有的一切都同你说，还让你一个人读刘绍棠的书信。现在已经是刘绍棠去世十年了，我要把心里的话说出来，把我的事情说出来。按照北京的风俗，十年一大祭，大祭之后，刘投胎做人还是上天做神，也是各得其所的，我很想把自己的故事说出来，我只求我们之间的内心安定。

十年，是结局又是开始，就像我心目的运河，是起点，也是终点。在行走中，我成了一个忠实的倾听者。

注：杨广芹口述、阿慧（笔名沱沱）记录整理的《心安是归处：我和刘绍棠》一书辗转多年，最后由当代中国出版社出版。

河　畔

　　我拐上了小路。杨树林中，我想起了精神分析大师。我一个人独自行走，分析我的精神是否出了问题。为什么一见到树和庄稼就欣喜若狂，一见到田野就感到畅快呢？我想路边的草丛中，跳出一只青蛙，或者蹿出一条蛇来，我都会把它带回家，当作我的朋友家人，悉心地照顾，可现在已经是秋天了，天冷了，连个虫子也没有，一片安静。

　　一路上都是白杨树。白杨最高的地方，就是运河的大堤。河堤就是从各地运来许多泥土，固定地倾倒在河边，成为长条呈梯形的土堆，然后在上面植上了许多树。其中以杨柳居多，因杨柳只要随便一插，就成活了，在这河边，有没有当初农人遗忘的柳条扁担搭挂，或者散架了的柳条筐呢？有心栽花花不发，无心插

运河夕照

柳柳成荫。有些时候，有心还不如无心。对任何事情，不要抱太多的冀望，反而更好。

河堤上，白杨树和它的根交相纠缠，抱住了大堤，因此，大堤经受了流水的冲击。杨柳和大堤相依为命，本来，堤坝是预防洪水的，而水成了杨柳的生命之源，化成了杨柳的盘根错节，成为一道有力的屏障。杨柳喜水，在温柔的后面，有其坚韧而强大的力量。许多人把杨柳等同起来，其实，杨不同于柳，许多人种杨的时候，也种柳，作家刘绍棠对人说过，没有柳，杨也长不大，所以杨柳一合，就成了水边的风景。运河的杨柳，使我想到了老家的杨柳河，在杨柳河岸上行走，不是晓风残月，而是缠绵无尽的爱情。

安静的，一下午的时光，在一座水泥桥前停止了，水泥桥上就是高速公路，各种车辆轰隆地响，杨柳的风景到这里断了节。我只有从桥洞里穿过去，水面映着桥影，以及桥边的杨柳，还有玉米地。我穿过了桥洞，白杨的绿荫更浓，亭亭如盖，阳光被筛成了细细的点，闪烁如眼睛，落在地上，宛如泪光晶莹。

杨柳的屏障，与堤坝同病相怜。堤坝临水的一面，长着许多的矮树。迎水的一面，不适合种大树，一来大树遮挡风景，二来运河道本来就是一个风口，水带

◎ 午后阳光把我们的背影映照在河岸上

着风来，大树是吃不消的。但是，这段河道没有航船，河水泛着微微的轻浪，倒映着两岸的风景，转了一个优美的弯。运河水消逝在遥远的天际线，没有任何的污染，是最干净的，此刻就我一个人。我不孤独，我的身边有麻雀在叽叽喳喳，像开万人大会，从脚下飞落又飞起，杨树的顶上，有许多鸟窝，宛如灯笼，这是杨树最好的装饰品，个头很小的乌鸦在树顶上起落，嘎嘎地叫，我听到它们的欢乐和无忧。乌鸦——太平鸟，真正的太平鸟，我爱听，至少比人家屋檐下叽叽喳喳的喜鹊和鸟模人样的八哥可爱得多。

渐渐黄昏。倏地，身边飞起了几只美丽的鸟，身子是黑的，但是在羽翼的顶端，是白色的，就像海鸥，飞起来比海鸥好看，如同鹤子。这是一种水鸟，在电视里见过。它将翅膀张开，在水里留一个倒影，鱼儿以为找到一个蔽身的地方，就欣喜若狂，谁知道这是一个美好的陷阱。鱼会遇到陷阱，人也会要遇到。可我茫然不知。运河边于我不是一个陷阱，是一个很温馨安静的画廊，或者说，是我灵魂的又一个放逐地，我一感到劳累和烦躁，就会到这里来漫行，在无形中看到最真切的自然风景。

杨柳或密或疏。密的时候，遮天蔽日，疏的时候，能看见成片的平野。我发现，平野中，每有大树的地方肯定是一个村庄。倘若不是大的村庄，也至少有一两户的人家。我注意的是屋顶，屋顶躲藏在高大的树冠后面，渐渐地升起了炊烟，把屋顶抬升了起来。哦，炊烟！城里没有的炊烟，我久违了的炊烟，诗歌一样的炊烟，散文一样的炊烟，音乐一样的炊烟，如邓丽君和王菲歌声一样缥缈的炊烟："又见炊烟升起，暮色罩大地，想问阵阵炊烟，你要去哪里，夕阳有诗情，黄昏有画意。"屋顶和树冠在炊

烟里隐没，重现，仙境一般。

我的智能拼音 ABC 输入法老是出问题，总是把陷阱打成仙境，但绘画就不会，绘画是具体的，几只鸡鸭，一条小狗，还有树冠下的篱笆墙、鱼塘，都是很优美的，有江南的情味。这样的场景，在浙江到北京的火车上曾经打眼过，一闪而去，现在就这么近，这么让我亲近感知。收割了的田野，被收割机碾过，好像拆迁后的工地，我看见就在轮辙碾烂的泥土上，几点嫩绿探头探脑，那是小小的麦苗，两三片的叶子，像农家女孩的羊角辫子。这些麦子已经被车轮碾过，现在又被我践踏，还要经受严霜酷寒，更有冰雪的封冻。它的兄弟——玉米，已经在以前的一个季节里，被端掉了金黄的棒子，然后经受了一场火烧，脚下的泥土被熏黑，但是，它们还是没有倒下，残留的叶子，在风中呼啦呼啦地飘着，像一面面旗帜，也像一方方头巾。玉米的兵团！玉米的军队！玉米的战士！我把玉米秆比作一支枪，可现在已经被缴械了，使我想起美洲的印第安人，那是所谓的牛角红番！尽管头上戴着冠冕，但依然威风凛凛。风在玉米丛中吹过，诸多的玉米叶，干枯的玉米叶，宛如铃铎，音乐的铃铎，在秋日里窸窸窣窣地响，玉米的军团，复活了一个神话，在守卫着它们的土地，是壮士，是永远不会倒下的！

这些兀立的玉米秆，成片成群，定格了战火纷飞的刹那，它们会怀念夏日的阳光以及雷雨吗？而今地里已经泛白。玉米依然立着，精神永驻。与玉米一样站立着的，还有向日葵，向日葵在通州人的土语中，叫作转日莲、日莲，在刘绍棠的笔下，它则化为一个可爱的村女，叫作望日莲。很好的名字。在运河边上的高秆植物中，我想，玉米是丈夫，望日莲是妻子，玉米是兄弟，望日莲是姐妹。玉米和望日莲象征的也是乡村的男女吗？可是现在，望日莲早已没了脑袋，身体却还坚定地立着，其实老而不死是神，死而不倒是灵，在此刻，我对着玉米地和向日葵，真的想跪拜顶礼。玉米是印第安人之神，向日葵是梵高之神，而我竟成了运河边上的印第安人和梵高了！

　　我以为那些死了的玉米秆子是干枯的，其实不然，我拔起一根，撕掉外皮，玉米秆的汁水四溢。咬在嘴里，唑啦唑啦地响，玉米汁冰凉甘甜，不亚于甘蔗。小时候，在我们的江南老家，玉米秆是被当成甘蔗的，感到口渴，就到地里拔一根玉米秆子嚼几下，感到饥饿，就掰一个嫩玉米棒，放在火上烤熟，很是香甜。这使我想起刀耕火种的岁月，刘绍棠在运河边上一边放牛，一边读书的场景。可现在牛没了，大家用拖拉机耕田，要牛干什么呢？运河边上找不到一头牛。但有羊，像我一样灰头土脸的。羊在啃草，但不能啃玉米叶，因为玉米叶很高，羊是撩不到的。我啃玉米秆，仿佛是一头牛，只有牛才嚼秆子呢，而现在，我真正

◎ 运河的记忆一片黑白

成了自在的在运河边上嚼玉米秆游荡的孺子牛！

我折了几棵玉米秆，在运河边上边走边嚼。我喜欢玉米的花，也喜欢芦苇的花。水边一丛芦苇，花朵如清代官员的顶戴花翎。运河岸边我自在地漫步，一手拿着芦苇花，一手举着玉米秆，身边一辆农用车开过去，车斗上坐着很多人，车开出老远，那些人还向我张望，仿佛我是一个外星人。

玉米秆被我嚼完，满嘴是玉米的味儿。走了一会儿，从土路上拐出去，到了公路。是到河北香河去的。再走了几步，来了一辆车，我带着芦苇花上了车，在车上，我遇到了许多同样的好奇的眼神，你采这种花干吗？这种花落在头颈里是很痒的。我把花扬了扬，但是现在还不会落，很牢的。那你采来干吗？我说，画画，这种花比别的花难画呢。其实我的回答是无心的，但是他们问得有意。其实这种花在我的眼里象征着永恒的爱情——白头偕老。

我确实喜欢画画，越是有心去画这种花，反而越画不好，无心去画，倒觉得画得很出色。在运河岸边的美好时光里行走，意趣无穷。

里二泗村中的佑民观

从新华联家园到张家湾，可以坐 938。938 太多了，有支 1，有支 7，我总是把 1 看成 7，总是把张家湾开发区当成了张家湾，结果坐过了头，跑到河北香河去了，转了好几次车，左转右转，把自己也转晕了。售票员问我，你到底到哪里，我把张家湾地名忘记了，我说随便到什么地方都可以。周围的乘客笑了，没有见过这个乘客，好玩。最后，我说到大运河边上，哪段风景好，我就到哪段下车。有个人说我是大痴，另一个人说，他不是大痴，手里拿着书，肯定是个艺术家，抑或作家、画家……我才不管大痴、作家、画家呢。售票员说，这个人肯定不是大痴，而是个艺术家。司机说，人不可貌相，海水不可斗量，他肯定是个旅游艺术家。我只不过把漫无目的的旅行当工作，他们不知道我到野外去，是寻开心、找安静、找安慰的，同时拍照写游记，如此而已。

从渠道边上走。渠道周围许多葡萄架，还有许多桃树，葡萄架使我想起一首童谣——《蜗牛和黄鹂鸟》。蜗牛背着重重的壳啊，一步一步往上爬，我同汽车相比，还更不如蜗牛呢，路上没

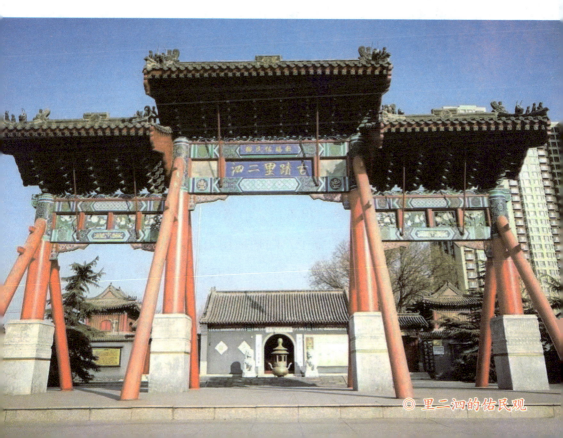

© 里二泗的佑民观

有黄鹂鸟，只有一排排的白杨树。白杨树修直，落下一片浓荫。茅盾说，它象征着北方的农民。

在这里，我没有压迫。我轻飘着，像个影子，像个游魂。一个人在乡间的路上走，走完水泥路，就到了一个村庄。北方的村庄，瓦檐低矮，灰头土脸，一条空落的街道，许多小摊贩灰头土脸。这个灰头土脸的村庄叫里二泗。很怪的一个名字，泗，大概是河流，里二泗里面有四条河流，肯定是。后来我翻书，恰恰证明我的猜测是错的。原来泗是个寺，和尚寺院，寺没有一个，泗出来了。刘绍棠倒运的时候，在这里挖过渠道。里二泗是郊区的中不溜儿。但书上说，张家湾的居民就是里二泗衍发出来的，里二泗居民是此带运河边最早的居民。

里二泗街道几百米，居然有个音响店，卖磁带和唱片，与城里的没有什么不同。我看到周杰伦的，"超男""超女"的，还有MP3、MP4，SP游戏机。也有电脑软件光盘，一个光盘价格等于五个肉包子，肉包做得比城里大，5角一个，因为顾客都是邻居，早晚相对，是绝对不能坑害的。在这样的街上行走，没有吆喝声，鼻孔萦绕着肉香，货真价实。

小街的尽头，往北面拐，见到一个很大的庙宇屋脊，对于庙，我最喜欢，最感亲切、温馨。我从小就在庙里找安慰，走近了，迎面看到一个牌坊，很不错，很不俗。庙前有一片空地，几个小孩子挥起布条做的鞭子，啪啪地用力抽着"打不死鸭"（陀螺）。陀螺的上端，套着轴承壳，下端的尖尖上，嵌着钢珠，转起来呼呼地响，很平稳，两个陀螺撞在一起，火星直冒。庙里妇女出来说，你们安静一点好不好？但是孩子照抽不误。

其实这个庙没有其他的游客，很安静的。有了抽陀螺的孩子，就有了更多的活力。

庙上的匾额上写着"护国宁漕佑民观"，估计与运河漕运有关，可能也是用来镇风水的。两旁写着一副对联，"胜迹果然此蓬莱，仙山即是佑民观"，对联不甚工整，我怀疑是假古董，忽然想起一本《古代张家湾》的书，说这佑民观，是华北规模较大的道观。原来，这个观很早就有，叫天妃庙，奉祀的是南方海边保护神妈祖（林默娘），也有人说奉的是金花圣母。反正与水有关，女人是水做的，用来保佑航运的安全，正好合适。我推门进去，关平和周仓与关公的眼睛注视着我，我对他微笑一下，好像遇到兄长一般。那妇女说，进里面买票要三元。我没有回答。看见边上有几本书，我说买这。妇女说这是结缘的，送你，于是拿了书，买了票。道观很大，千余平方米。说是道观，供奉的神什么都有。进去是娘娘殿，奉祀就是金花圣母和妈祖的混合体；旁有子孙殿，庙门关着。药王殿，奉祀孙思邈；罗汉堂，奉观音、文殊普贤、十八罗汉，我的老乡济公也在列。达摩殿，供奉达摩和惠能；玉皇阁，供奉真武大帝，左有葛洪、张道陵，右有许逊、丘处机，两侧分别有闪光娘娘（电母）、雷公、风伯、雨师。雕塑不错，人体比例符合标准，相貌清秀，神态安详。乡村的庙宇自在，没有门户之见，有很强的包容性。只要有功、有德、有益就行，我劝天公重抖擞，不拘一格降人才，这是现代城市企业单位要学习的。英雄不论出身，无非二教九流，受人供奉礼拜，又有何不可。这也是很朴素的人才观，是很灵活的用人机制，是社会的一种进步。

佑民观后面是高楼，玻璃窗反射着亮光，这里被列为通州重点文物保护单位，房地产开发商是不会蚕食它的，否则就是知法

犯法。在乡村，神明有着绝对的权威性，有很大的震慑力，在现代城市里，这种权威性已经被唯物精神扫荡了。我们进行了许多次革命，将旧的神明当成四旧推翻了，打破了地狱阴司之类，但新的震慑人心的权威体系和秩序没有建立起来。许多貌似伟大的理论很难自圆其说，人性之恶根打破了原来的禁锢，就像蔓草一样恣意生长。

庙里只我一个人，在国槐下，我翻出结缘的书——《纯阳吕祖心经》。天生万物，惟人最灵。匪人能灵，实心最灵。心为主宰，一身之君，役使百骸，区处群情，物无其物，形无其形。禀受于天，良知良能……欲善其身，先治其心，治心如何？即心治心，以老老心，治不孝心；以长长心，治不悌心；以委致心，治不忠

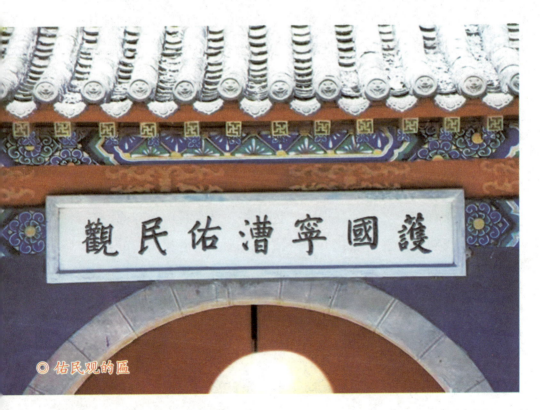

◎ 佑民观的匾

心；以诚恪心，治不信心……

观里就我一颗心在怦怦地跳，天上只有一个太阳，没有云彩，像一颗心。我心即彼心，佛心是道心。唐僧翻译的《般若波罗蜜多心经》，色即是空，空即是色，皆是心象，无色声香味触法，无眼耳鼻舌身意。一切都是虚空，有了虚，就有空、有清、有明。天台智者大师讲究对治，与吕纯阳一样，心心对治，心照不宣。吕纯阳在我天台的家待了很久，现在也成了我的半个老乡。心扉打开，没有门户，大道圆融，说佛论禅，归于大同。

我捧着《吕祖心经》，漫无目的地边看边走，不觉转到道姑的住所，迎面两个道姑拦住说，这里是私人住所，不能参观，我感到冒昧唐突，没想到走到道姑的隐秘地界，连连抱歉。

佑民观很朴素，不管是什么神，一视同仁，能佑民，能做好事。只要他们能自觉，再觉他，能自利，再利他。忽然想起一个出家朋友说，在修习时什么都不想，连佛和道也不想，如果再求神佛保佑，或者因此感谢神佛，是求利益的心在，是没有档次的，不上水平的。真正的神佛不在这个，修心就是把心修善好，对于佛道神明，对于权威强势者，许多豪言壮语和阿谀奉承的话太多了，似乎有点滑稽。

我出了观门，卖票的说，这个观有三四百年的历史了，据说乾隆皇帝还来这里朝拜过呢。在北京，只要扯上皇帝，在皇帝那里挂上一个号，就是光荣的。北京的马比新疆的骆驼大，北京的狗比江南的牛要大。在《红楼梦》第二十三回里，提到凤姐将大观园里的"玉皇庙并达摩庵"的小沙弥，打发到家庙铁槛寺去，因为，其中有"并"字，于是就有人按图索骥，找到张家湾，落实到这个佑民观，说这里达摩庵也有，玉皇庙也具，既然曹雪芹

◎ 佑民观供奉的妈祖

在张家湾住过，自然把佑民观也写进去了。作者说，想必曹雪芹来过此处，或者随家人来往于京宁间，经过此庙。为了佐证佑民观的历史，书中还特意收录了汤显祖写佑民观的诗：

旅积方此舒，波情亦堪绕，榛丘见蒙密，重关思窈窕。
况此羽人居，清荧满幽眺。双扉永平直，层楼迥飞矫。
陵岳翠西蠹，河渠白东淼。幢樯密林树，伊优轧凫鸟。

诗中描绘了汤显祖登临佑民观看到的运河两岸草木葱茏、桅樯如林的景象。而现在我循着汤显祖的足迹而来，其实是很随意的。我是无心的，无心就很自由。

张家湾的集市

我和老谢并肩坐上 938 车，到张家湾。以前我到姚家园，经过张家湾。但是没有下来，张家湾倏地就从我的眼皮底下溜了过去。

老谢叫谢茂强，来自浙江余姚的四明山，他说："我是专程来北京见你的，一路上好辛苦。"我说："去看看故宫、长城、天坛、王府井大栅栏？"老谢说："那地方离我们太远了，很压抑，也很喧闹，我并不喜欢，我要安静的。"于是我们找乡村的，看看北方的乡村与南方到底有什么不同。我说："北方的乡村像我们这样灰头土脸。""灰头土脸好，有泥土的气息。"老谢说，"我从车上，看一望无际的华北大平原，那么苍茫，那么大气，那么沉郁，是南方山野所不具有的。"我想，张家湾也是一片平原，估计老谢也很喜欢。那里有很多树、很多桥，也有运河，这同南方也不一样。

我在张家湾下车，下车的地方是一个集市，熙熙攘攘，人头攒动。下车的地方是个十字街，一条南北走向，一条东西走向。有十字街，十里长街，使我想起台州路桥。在历史上，这里比路桥还要兴盛，房屋沿着运河而延伸，运河从张家湾出发，延伸环绕，连接北京东南部，通向永定河。这河也叫萧太后河，开凿于辽代，是运粮的命脉。其实，张家湾因一个名叫张瑄的官在这里停泊船只而得名。这里实际上一个码头。我看见东边的运河上有

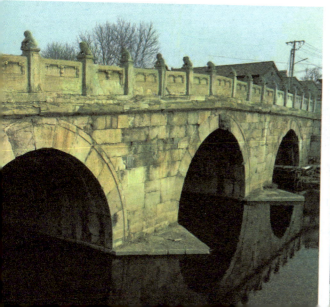

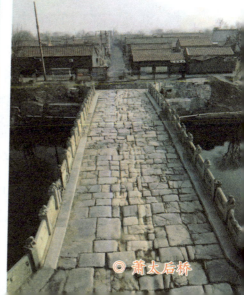

萧太后桥

一座石桥，上面雕着许多的狮子，挪球的是雄，不挪球的是雌。石桥总使我想起卢沟桥，萧太后桥也使我听到了八国联军的脚步声，以及大炮的轰鸣声。

张家湾的居民们，在公路两侧中设立集市，卖的是青菜、萝卜、番薯、洋芋、茭白，堆在地上，一块一堆，老谢说，北方就是爽，而江南的则是按斤论价。讨价还价，还在秤头上斤斤计较。衣物挂在临时的架子上，如同飘扬的旗帜，卖菜刀的双手舞着菜刀敲得叮当直响，看这样子，像极了《水浒传》中的黑旋风。畚箕、柳条筐、扁担、锄头，是常见的，但找不到竹椅竹床，竹子的东西，只有南方有。盗版光盘，盗版的书，没有人吆喝，安静，乱中有秩序。拖拉机拉着田地里贡献的米和菜，在人流中间，缓缓地行驶，发动机隆隆地、沉闷地哼唧着，像一头牛打着响鼻。缓慢行驶的拖拉机，摇晃着，推开人的波浪，像一艘艘运河里的船，拖拉机的前面，人们让出了空隙，拖拉机过去了，后面的人立即填补了，宛如河的波浪。在这个时候，长街就是一条起伏的河，那些赶集的人，就像河中起伏的浪花。

在集市中穿行，与许多人保持零距离的接触，前面的人的背贴着后面人的背，有许多人面对着面，几乎在接吻了，闻到许多的气息，烟味、酒味、汗味，以及夜晚被窝中暧昧的味道。我们穿行着，就如一根河中漂浮的柴梗，一会儿朝东，一会儿朝西，我们晕头转向，好不容易走上了公路。过桥，人稀少了，看见那些人，天下熙熙，皆为利来，天下攘攘，皆为利往，而我们不是也在为利吗？好名好利明明摆在那里，你不去为，是老牛不吃嫩草的笨牛吗？我们不可避免，没有好名好利我们依靠什么生存？

张家湾的集市在运河边，露天的，灰头土脸。我们从一条小路，沿着运河岸边走，两旁的房屋，在长势茂盛的白杨树下，安坐，养神。现在已经是秋天了，温度不冷不热，天气不阴不阳。张家湾的房屋一成不变，四合院的屋顶上，落满白杨的叶子。白杨的叶子，飘飘扬扬，落在屋顶上，也落在河边草丛间。叶落归根，在张家湾不是百分之百正确，叶子落在河里，就被河水带走了，带到什么地方去呢？河水可能把它带到杭州去，北方的叶子，沿着运河漂浮，与南方的男人顺着铁道来到北方没有什么两样。迁徙的人给地方旅游带来了新的维度。

运河的草已经枯黄，如丝，风过，颤抖，宛如琴弦。河水也成了琴弦，桥成为弦上的小小的琴码。我们随意地在河岸上行走，拨着秋草，撩着水，就是弹拨的手指，风声、水声，还有呼吸声，以及远去的市声，都是季节和岁月的乐曲，都在渐渐地衰老。景物变得更加地苍茫。我们进入田埂，一只鸟都没有，杂草联手，把土地封盖得严严实实。沉寂和空旷，令我感到与集市一样的压抑。

又是一片茂盛的树林。阳光将树影扭曲，伸长。一

◎ 张家湾的摊位书法在我的眼里比所谓的名家要好

个黄色的村庄，许多的红男绿女，聚集在一起。我以为是乡村在演戏，但是没有听到丝竹锣鼓的声音。近了，我看到了又一个集市。在树林里，许多人在树下摆摊。卖家禽鱼肉，卖蔬菜瓜果，卖农家器物，把塑料布的四个角往邻近的四棵树上一扎，当作顶棚，然后用另外的一块塑料布往树上一围，这就是一个生意的领地，然后，将桌子凳子一摆，就是一个很特别的乡村老板。都是邻里邻居，上下三村的，抬头不见低头见，有什么斤斤计较的？照样地卖一块一堆，没有讨价还价。

这个树林中的集市，在一条机耕路上。集市走完了，在很远很远的地方，见到一个村庄。这里真的是自由市场，不是鬼市，也不是夜市，不是早市，也不是拉尿市——所谓拉泡尿的时光就散掉的集市。好像没有人来收摊位费，也没有人来查处无证经营，市管在这里显得多余。在树林中的集市里，不需要玩猫和老鼠的游戏。没有集市，农民真的没有活路。

老谢说："我很喜欢这里，有河，有田野，有集市，人也很豪爽。这里离京城又是那么的近，把都市和乡村融合得那么好。"走了很长的一段路，过了一个规模中不溜儿的村庄，我们又回到了原来的路上。

在938的站牌下，一个旧书摊，我买了一本《弗兰德公路》。

北机农贸市场

北机市场，是农贸市场，靠近北机。北机是北京机械厂的简称，50年代的工厂，国营的。北机农贸市场，就在现在世纪星城

◎ 北机市场人气很旺

后面的一片空地上。世纪星城没有动工的时候，北机市场是露天
的。从北机路口的站牌下，要走一段黄土路才能到达北机市场。
晴天这段路还可以走，一下雨，就成为沼泽地。有人在沼泽地上
扔石头、砖头，人们在上面跳跃着前进，一手提着盛菜的塑料
袋，一手张开，平衡自己的身子，像跳舞，像芭蕾，不像孩子的
游戏。

　　原先，北机市场是露天的，没有树木，有一些塑料布搭成的
棚子。卖的东西也很杂，除了蔬菜水果，还有肉蛋鱼禽，以及锅
碗瓢盆，拖把扫帚，也有一些芋头、番薯、萝卜，往地上一堆就
成。卖蔬菜瓜果的大多是河北香河和通州漷县的农民，他们有自
己的拖拉机、三轮车，很早就来了，车斗就是柜台。原来，北机
市场上午开市，一到中午，就基本上收工，拖拉机、三轮车突突
地响，冒出一股股黑烟，欢快地蹦跳着离开。第二天，又按部就
班地展开他们的买卖。

　　北机市场没有树木。露天的商户很累，夏天，要饱受烈日

的烤炙，冬天要接受刺骨寒风的蹂躏。记得我买了菜，取钱。一阵风把我的汗水吹到天上去。我不知道拖拉机每天的摊位费多少，但我知道，外面地摊的摊位费是两元一天。付了两元，管理人员与你相安无事，不付两元，你是无证经营，管理人员要将你驱逐出去。两元，就把人们的身份改变了，把草寇招安成正规军。北机有几座平房，摊位费自然比外面贵得多。卖衣物的，卖家具的，卖猪肉的，卖鱼的，必须在里面经营，否则谁来买尘土啊。

北机市场原来的生意不怎么兴旺，现在不一样了，因为世纪星城和新华联家园北区楼盘的崛起，给它带来了复兴的希望和发展的契机。随着新华联家园和世纪星城的建成，这里开始了大规模的改造，原来泥泞的土路，也改建成了水泥路，满溢的雨水，从地下的水管里排了出去。来了几辆大型的推土机，把路两边的建筑推平了，然后，来了几辆挖土机，把路挖了许多坑坑沟沟，浇灌上水泥，当然原来的平房也被推了。一条美丽的金光大道呈现在面前，不一样，就是不一样。

隔三个月，又一座北机市场，在铁道线的南边矗立了起来，许多的摊位全到那里去经营，有暖气，不吹风喝雨了。上午去，很挤，如闷罐车一般，差点把自己挤成了相片，不，挤成了鳗鱼鲞。这里没有鳗鱼鲞卖，这里也卖许多的带鱼。浙江舟山出产的带鱼，比大连出产的要贵，每斤贵一两元。带鱼一出水，就没命了，所以要冰藏，想要吃真正的鲜带鱼，要到玉环和温岭舟山才行。黄鱼是冰藏的，螃蟹是活的，琵琶虾对虾也是活的，活的贵，不活的便宜。许多人喜欢买活鱼，就是为了尝鲜。几个卖活鱼的摊位一字排开，活鱼在水里拱身蹦跳，溅起的水花弄湿了摊主和顾客的脸。顾客向某条鱼一指，那就判了这条鱼的死刑。卖鱼的顺手一捞，鱼儿出水，用小槌往鱼的头上当的一敲，鱼的灵魂出窍，挺直了身子，然后过秤、付款、开膛。我计算一条活蹦乱跳的鱼转化到人体必需的氨基酸和脑黄金、脑白金，需要两个小时左右的时间。在这里，摊主和顾客都成了鱼的救度者。

早先，北机市场也有许多卖活鸡、鹌鹑、鸽子的。许多鸡、鸽和鹌鹑在铁丝编成的笼子里打转，或者呼呼大睡，或者清醒地鸣叫，雄鸡喔喔喔，母鸡咯咯咯，鸽子咕咕咕，鹌鹑叽叽叽。同样，顾客轻轻一指，那只鸡就被立即处决，不是绞死，而是杀头。鸡惊恐万状，扑扇着翅膀，嘎嘎地大叫，摊主一手捏住鸡脖子，往背上弯，鸡也叫不出声来。然后拿着小刀，轻轻地一抹，鸡的灵魂上天了。鹌鹑和鸽子，不能杀头，摊主抓起鸽子和鹌鹑，往车斗上死命一摔，嘭的一声，鹌鹑和鸽子身骨俱损，当然摔的力度不够，方向不对，鸽子和鹌鹑还在扭头喘气，就被摊主按到热水里去，活活地呛死了。大概鸽子、鹌鹑和鸡出于对这种处决方式的不满，就开始怀恨报复了，成为禽流感病菌的携带宿主，一场非典，一场禽流感，成为动物保护主义和持斋吃素的最好说辞。顾客也敬而远之。但是，那些没有禽流感的鸽子和鸡、鸭、鹌鹑，还是被活活扑杀，几千几万地扑杀，深埋，打入十八层地狱。果然，自从禽流感之后，北机的市场，再也没有活禽的交易了。但是活鱼的交易依然。活鱼不会得禽流感，倘若活鱼会非典，则人见之如临大敌，唯恐避之不及也。那对活鱼来说，是不是一个福音？

鱼摊之旁有两个佛具店，供应佛像、佛经、香支灯烛，电子

念佛机一天到晚开着，一个女声法名昌圣，俗名李娜，富有感情地唱着：

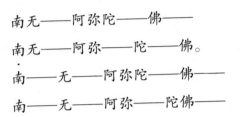

南无——阿弥陀——佛——

南无——阿弥——陀——佛。

·

南——无——阿弥陀——佛——

南——无——阿弥——陀佛——

翻来覆去，一天到晚，没有停止，在电子念佛机的声音中，这些鱼儿在顷刻之间自然而然地成为一团云、一团蒸气，升上天空，与灿烂的阳光为伍，安居于极乐世界。

在念佛声中，一列火车从铁路桥上驶过，整个大棚震动了起来。

北机市场靠着新华联家园北区。每天一早，拖拉机的声音把那些白领吵得睡不着，其实，不只是拖拉机，每天早上的五点钟，地铁运行的声音成为上班族免费的闹钟。每隔五六分钟响一次。在这种机械的声音中，一群老人在地铁桥下面的凳子上坐着，拉着二胡，敲着鼓板，引吭高歌：我正在城楼观山景，耳听得城外乱纷纷。老人在花树丛中观小区，观农贸市场，无法表现他们的台步，云手，或者抢背，因为他们老了，施展不开了。路过的人行色匆匆，他们只能自娱自乐，消磨晚年的时光。人们喜欢谈的还是猪肉，涨价了，从每斤八元涨到了十六元，一个猪肘子涨到三十元。我很喜欢吃肉，现在要考虑考虑。卖猪肉的河南漯河肉联厂的兄妹（夫妻）笑容可掬，大哥，你买什么？便宜一些，便宜也是贵啊，周围的摊主也抱怨说，猪肉贵了，卖不出去了，真的想改行，果然猪肉的摊子少了几个，竞争也就少了，但那兄妹（夫妻）依然笑容可掬。

北京菜价尽管在涨，相比江南还是便宜得要命。物价是个很敏感的社会现象，市民们的生活跟不上物价的要求，就会乱套。北京是不能乱的，要安定，所以，政府还是有倾斜优惠保护政策的。下午两三点钟去市场买东西，最便宜。五毛一元的青菜，两元三元的香菇，虽然品相差点，但吃起来还是原汁原味的，能受用就行。

走过来，看一看，两元一件。一件两元，走过，路过，不要错过，一件两元，两元一件！本店代销各大厂家各种档次处理产品，两元一件，一件两元。一直重复的话语，反复娇媚的女声，事先刻录在光盘里，一按按钮，她就不停地、不知疲倦鞠躬尽瘁地播送下去，剪刀、电池、本子、钢笔，便宜，受用。在超市里，有些要卖十几元的，在这里买，照样受用。没有人觉得到这里来挑东西，就失了档次。薄利多销，挣钱不易，能节省的应该节省。一元钱两元钱，在外面的食品摊里，只能买一个大饼，两根油条，一根烤香肠，三两葵花子，在旧书摊里可以买五角一本过时的《读者》和《青年文摘》。我在北机市场里用三块钱买了安妮宝贝的《莲花》。

读旧书的感觉，与吃烤番薯的感觉类似。一个妇女，在车上放了一个大油桶改制的炉灶，油桶的下部生着白炭火，红薯在桶的内壁上一个个整齐排列，安然入睡，在高温中，红薯熟透了，通体焦黄，透着香气。红薯很面，因为在沙地上成长的缘故。在我们农村，红薯吃的不多，喂猪的多，做淀粉的多。但在这里，红薯烤熟了，引来时尚美眉的明亮目光，她们一边行走，高跟

◎ 北机市场的菜摊

鞋一边敲打路面，当当地响。有些则从小车里探出头来，要了一颗红薯，放在驾驶盘的旁边，一手捏着红薯，一手握着方向盘，真是酷毙了，帅呆了。

烤红薯的香味，引来美眉的目光，也引来城管的鼻子，三元一斤的红薯买卖，无法继续。忽然起了骚动，一辆车闪着顶灯无声地驶来。边上小区的青年人在网上说，假如他是市长，就把这个市场取缔了，理由是这个市场档次不够，同超市有天壤之别，而且大煞风景。真的取缔了的话，我们就没菜没肉可买了。我不想在超市买东西，超市的菜和肉，比市场贵一半。我估计，那位发帖的老兄，工资肯定是两万元一月，达到大康水平了。

北机市场还是要存在的。存在就是合理的，它印证了萨特这句存在主义名言的正确性。

家 园

家园是北京通州的一个小区。四五年前，这里还是一片田野，属李老公村管辖，而现在成了一片热闹的地方。欧式的建筑，尖尖的屋顶，红色的外墙，白色的窗框，罗马式的石柱和喷泉，使我感觉回到了中世纪。

在这里，我感到了另一种时间的流转。

我刚来的时候，这里刚建造地铁，现在又新建了许多小区，如世纪星城、苏荷时代、翠屏北里等。从鸟鸣蝉噪、萤火点点、荒草迷离的田野，从荒郊野外到繁华舒适的居民区，是一个时空的跨越，用忘年乡友高汉先生的话来说，美国人用了三十年的时间，北京城用了三年的时间，从此感到中国日新月异的前进步伐，也为祖国的发展感到骄傲与自豪。人类是伟大的，足能改变地球上的一切。在楼层下穿行，我感到人定胜天这句话并不过时，自然是伟大的，而人类改造自然的力量更伟大。这是茅盾在《风景谈》中的结句，人类创造的风景，是伟大中的更伟大者。在新华联家园，我感到自己也伟大了起来。

家园，名字好，我看好的就是"家园"这两个字了，它使我感到亲切，感到温馨。在北京我想拥有一个自己的家。我在这个家里感到温暖，感到无奈，也感到漂泊的无奈，虽然住在自己家中，但我还得按照有关的规定，领取北京的暂住证，借用北京朋友的身份证，拉着繁忙的他亲自到邮局开通不属于我名下的电话，按照有关的规定，我要每年为女儿交付给幼儿园和学校数额不菲的赞助费或借读费。所有的一切都是约定俗成的，不忍受也得忍受，并且感到天经地义，习以为常。作为一个北漂者，四海为家处处家，果然在家园里落脚了，预支了我们一家人几十年的劳作积蓄，向能借贷的朋友借贷，终于成为一个名副其实的房奴。我想我经常换工作，生计没着落了怎么办？过去我老是慨叹自己是没有壳的蜗牛，而现在背上多了一个壳，行走的速度比蜗牛还要慢，但这个壳还是让我感到幸福，感到欣慰。

家园南北通透，光线明亮，视野开阔，刚来的时候，南面是

一片荒野，能到许多的杂
草和豆棚瓜架，能听见唧
唧的虫声，但是现在已经成
了一个喧闹的小区，巴克寓
所，翠屏北里。我朝北的窗
户与幼儿园面对，每天上午
九点，幼儿园会定时播放国
歌和体操的音乐，国歌响起
的时候，那些三四岁、五六
岁的男孩女孩排着整齐的队
列，稚嫩地敬礼，笑脸对着
阳光，如同一片原野上的向
日葵。《小青蛙呱呱呱》《花
仙子》，还有《小司机》《男

◎ 家园桃源

儿当自强》《中国功夫》《天鹅湖》《拉德茨基进行曲》，有着很多
拼图的感觉，在音乐中，我家孩子在蹦蹦跳跳，尖声高叫。我在
看她，她在看我，我觉得，在这样的家园里居住着，有很多的满
足感，看到小女孩的身影，觉得我们的努力没有白费。我在幼儿
园的《歌声与微笑》的齐唱中，开始写自己的文章，但童年的歌
声和生活与我很近又很远，仿佛一个梦境。我们无法回望童年，
不知不觉地滑过中年的边界，逐渐沧桑，就像家园房舍外墙，蒙
上一片片尘埃，满目沧桑，却依然天真。在家园，我寻找明亮的
窗户，倾听着明澈纯净的童年歌唱。

　　几年过去了，我的孩子已经幼儿园毕业，成为一个名副其实
的小学生。出家园南门，过一条街，就到了小学校。每天早晨，

在温煦的阳光下，我拉着她的手穿过马路，远远地，我看见门卫老爷爷笑容可掬，远远地喊，古月土皮，早！我的古月土皮笑靥如花。我的古月土皮的个子是班上最矮的，但是成绩不比别人差，她的画经常上墙，绘画作品也发表了几幅，作文也获得几个奖，在班上的成绩也是优秀，肩膀上多了几道杠，成为班长，全校四个领操员之一。她蹦蹦跳跳跑着上学，我总是叮嘱她，上学路上要注意安全，上课要专心听讲，认真做好功课，这就像爸爸妈妈上班做好本职工作一样，那是一种活计，一种生存之道啊。

在家园清晨听到公鸡喔喔叫，这种感觉随我童年的回忆消失了，而推开窗门迎来晨曦，倒有一些感受。晨曦被东面的楼群遮挡住了三分之一。六点四十分，我事先调好的两个电子闹钟响

了，它们开始轮番履行职责，一只在我的左耳演奏苏联歌曲《喀秋莎》，另一只在我的右耳奏响中国民歌《茉莉花》。"喀秋莎"和"茉莉花"温柔得像小姑娘，也刚强猛烈得犹如火箭炮——闹钟芯片传出来的电子乐曲不亚于大炮的轰鸣。我睡意浓重，双眼如漆，在"喀秋莎"和"茉莉花"的轰鸣中起床，与家园流逝的时光展开角逐。我洗完脸，烧一壶水，煮三个蛋，熬一锅粥。我拧开煤气灶，发现自己映在不锈钢茶壶和锅中的脸，变长变扁，扭曲拉长，接受火焰的烧灼。这就是日常生活，我明白了什么是煎熬的意义。

催孩子起床，吃饭，送孩子上学回来，已是九点钟。我打开了电脑，开始编织臆想和现实中的文字。我编辑一些文化艺术之类的书稿，也写一些属于自己的散文诗歌。房子还不完全属于我们，我们必须努力工作。我不用坐班但总遇到朝九晚五的邻居，他们整天挤闷罐车汗流浃背，肯定比我有着更多、更稳定的经济收入，至少没有我那么多的后顾之忧。我羡慕起他们的安稳。吃得安稳：睡得安稳，住得安稳。安稳，多么可爱而美好的词，比什么词都完美重要，蕴含着更多幸福的东西。安稳包括健康幸福，衣食丰足，虽然不比做大官连升三级生意兴隆达三江，但让我满足安详。我们努力踏实地办事，规避所有的风险，把每一刻过得安稳。我们渴望安详地坐在阳台上，在明媚的阳光下，读一些自己喜欢的书，听一些自己喜欢的音乐，三口人相挽出门。在家园溜达，我生发了一个奢侈的念头，拥有一辆车去看附近的山水，得到乡野中的熏陶。我的妻子在同一个时刻，也打开电脑，为她的学生授道解惑。电话响了，经常是她学生的问候。他们遇到生活上的、学习上的迷惘和烦恼，或者一些起伏波折的事情，总是会找她诉说，也让我品尝到了酸甜苦辣咸诸味杂陈的味道。阿慧脸上洋溢着温馨的感觉。那些文学少年管她叫老师、妈妈、阿姨、姑姑、大姐，她也在努力扮演自己的角色，脸上洋溢着如莲花一样的笑容温馨和宁和。

莲花，是阿慧最喜欢的。沧浪水波中的莲花，在污泥中挺立的莲花，在贫寒中呈现高贵的莲花。她喜欢莲花，说，最好整面墙上都是莲花，水墨的，大幅莲花，莲花用水墨写意，更为传神，摄影得太华丽了，不灵动，她需要朴素自然传神一些的，用枯笔一画，就是残荷的断梗，破笔晕染的荷叶，有一种沧桑之后的淡定，仿佛是季节的一种痕迹。莲蓬，阿慧藏了许多，插在瓷瓶中，莲子早已空了。莲子是落在池塘里，还是被小孩子摩挲？它是否在来年的夏天，擎起接天无穷碧的莲叶还有映日别样红的荷花？

家园中心一个小小的池塘，夏天蓄满了水，种上许多的莲花，莲花一种上去，水就自清了，再也不腐败发臭了。莲花是天然的清洁工，把所有的腐殖质转变成叶子的翠绿，和莲花的红艳，与喷泉的躁动成了一个别致的对比。这里显得安静宁和，坐在水池边的椅子上，我眯缝着眼睛，听着寥如晨星的蛙鸣，回想江南荷塘的温馨情味。莲荷与我们近在咫尺，但可望而不可即，隔着水波，我只是静静地等待秋来。结果是花儿落了，梗儿枯了，那莲蓬早已被最先涉足者所攫取，被扯得破碎不堪。莲花的生命，在叹息哀怨中消失了，却驻留在家园的墙上，那油画的一幅，犹如雕塑，颜色有些凝重，仿佛是干枯了的那种，旁边是观音大士的石刻拓片。这刻石是朋友在普陀山为我们拓的，创作者是老家天台的一个不知名的画家。每天荷花和观音踏浪而来。观

◎雪落家园

音的脚下，就是一朵名叫补怛洛迦的莲花山，南海缥缈烟波上的一座玲珑剔透精致的岛屿，它与天台华峰没有多大的区别。天台华峰脚下浮荡的不是浩浩汤汤的水，而是缥缈如同天界的无边云海。此刻的家园就像一座小小的莲花之山，也应该是安稳如山的啊。

邻居送来许多微笑的观音，还有莲花、佛经和许多绿色的茶叶——普洱茶、藏茶、滇红茶、乌龙茶、铁观音。他带来许多茶具，按照茶道程式，一起与我们端坐饮茶，一一细致地赏、闻、观、尝，体味茶叶的形色香味。只有饮茶的时候，我多少返回自己的本色。老家的茶人远远寄来罗汉云葇，是真正的天台佛茶，又使我想起华峰的云海、林木、瀑布、伽蓝、钟鼓和梵呗。绿茶盈满着云水的滋味，使我的内心安顿下来。读着老马编辑的茶书，我的内心一动，我也应该为老家天台茶写一些翠绿的文字了。我的努力不白费，我的如茶文字，也居然能出版发行了，也能够使人安静淡定，体味到山中美好而温馨的温软时光。

在家园，文字随茶香四处漫溢，伴随音乐的流动，一阵刺耳的轰鸣声从窗外传来，把美好的幻觉打得支离破碎。那是割草机的声音，在旋转的刀刃下嫩绿的草叶残骸乱飞，空气中散发着草汁气味。我触目可及的窗前行道树和花木，也难以避免。一片片花木，被园艺工人理成长方形的面包。秋天，树叶落了。园艺工人爬上树冠拉动着锯子，截断亭亭如盖的树枝，在断裂的声音中，树木成为一根根光棒子。在来年的春天，树木又会长出新的枝条。割草机一直在响，我无法写作，只能看碟片。《迁徙的鸟》《鸟人》《蓝色星球》《白色星球》《微型世界》《钢琴课》《海上钢琴师》《钢琴师》《天堂电影院》《天堂的颜色》《孩子梦天堂》。家就是天堂，听音乐，听古筝，听二胡，听钢琴。家里充满天籁——天籁音乐，天籁文字，天籁家园，在心头驻足。音乐如茶韵一样地袅娜开来，佛乐、道乐、交响乐、轻音乐、民乐、摇滚乐、爵士乐、乡村音乐，什么都有，音乐消除了所有视线上的阻隔。

在音乐中，我打开一本书，就像打开一扇窗，我看见了远方的寒山，与景仰的济公寒山相遇，在烟云中对话，在烟霞中坐卧，仿佛颠摇行吟，自在潇洒，让我的歌声在空中弥漫。登陆寒山道，寒山路不穷，溪长石磊磊，涧阔草蒙蒙，苔滑非关雨，松鸣不假风，谁能超世累，共坐白云中。天台寒岩风景与我的家园有何区别呢？我完全可以把家园当作宴坐的岩洞，把高耸的塔楼当成我的明岩，把曾经长满莲花的池子当成我悠悠的茶绿山溪。

忽然，对面的窗口飘来断断续续的钢琴声，不甚熟练，估

计是小孩弹奏的。我喜欢这种不熟练的音乐，就像孩提一样纯真，宛如天籁。对面弹奏的是朝鲜族民歌《道拉吉》，也叫作《桔梗谣》。

桔梗哟，桔梗哟，桔梗哟桔梗，
白白的桔梗哟，长满山野。
只要挖出一两棵，就可以满满地装上一大筐。
哎嗨哟，哎嗨哟，这多么美丽，这多么可爱哟，
这也是我们的劳动生产。

桔梗是一种中药，山里很多，像茶叶一样，但是新华联小区还没有它的影子。在家园，仿佛我是一个采桔梗的山地女子，城市里没有我的桔梗，却有我的莲花。

家园之外

通州的旧书摊

我新买了 5 个书柜，在房间里一字排开，装着我心爱的书。我的书百分之九十来自旧书摊。它来自潘家园、报国寺，转了许多主人，最后落户我这里。相比王府井和西单三联等书店，潘家园和报国寺便宜；相比于潘家园和报国寺的书，通州旧书摊便宜。旧书摊里有好书，我乐意淘旧书摊，节省资本。

北机市场有好几个旧书摊。在没做新路之时，我与一个来自黑龙江镜泊湖的书摊主交上了朋友，他和他的妻子（妹妹？）开着一辆破旧的昌河车，去老胡同收购旧书。老胡同要拆迁，书收得很多。通州宋庄的一些艺术家，无法继续过艺术化的生活，就把所有的东西都卖了，打道回府，那些画册搬不走，就成了他的。买来的很便宜，因为是好朋友，我也用很低的价格买来了。后来，

◎ 我家的书大都是书摊淘来的

这位朋友到潘家园去了,生意很不错。两夫妻相依为命,买书卖书,倒腾来倒腾去,在北京,想拥有一套房子,目前还做不到。这个希望对他来说还是很遥远。我常把自己不用了的书送给他,他也给我许多旧书,其中,有精装版的郭沫若的《李白和杜甫》,还有一本厚厚的画册《湖州》。

那位镜泊湖的朋友开着他的小昌河车走了,以后没有来过。北机市场后来又来了一个女的,我经常到她那里买书,买多了,可以先不给钱,她相信我。她说辽宁沈阳铁西区是个工业区,污染得很厉害,现在许多厂都停工了,不污染了,但许多人都失业了。有人拍摄过铁西区的纪录片,沈阳人看了好像猫抓似的,非常不舒服——家丑不能外扬。这纪录片我有。她同我说,她是铁西区工厂的技术员,丈夫是厂里的司机。厂垮了,丈夫帮助亲戚在北京跑业务,一个月能跑两三万块钱,够用了。她也跟着过来了,对于她来说,这是一种解脱。因为每天上班要准时,不能迟到,一天八个小时,把自己当机械了。她说现在高兴来就来,不高兴来就不来。我不要卖多,一天卖三四十块就够用,比上班挣的多。除了下雨、刮风,她都来。从夏天摆到冬天,不动声色,神情坚毅,像一尊雕像。

当然我看到一个很漂亮的小男孩,与她一起卖书。他在北京的私立学校读初中。他有时躺在妈妈的怀里,妈妈抚摩着他的脸。孩子很高,声音很粗,但满脸孩子气,仅仅过了两年就成年了,到一家公司当保安,能自己养活自己了。看着英俊的孩子,她很满足。我在这个女人的摊位上买了很多的书,比如楚图南翻译的《草叶集选》,50年代出版的托尔斯泰的《哥萨克》,唐弢的《繁弦集》,民国版的《纳兰词》。有时候,女人回家做饭，她丈夫来照管摊位，丈夫很朴实，不张扬，实在，可靠，他背一麻袋的书过来，充实充实摊面。问我这本书卖多少钱，那本书卖多少钱，我很难说。他说，画册能卖很多钱。通州艺术家很多，这些艺术家基本集中在宋庄。这里就你一个，你是作家、文学家，他说。我受宠若惊，又好像被烫了一下、刺了一下。疼。

北机市场铁道线南侧，许多简易平房没拆之前，有个小摊贩和他女儿一起开了一家店，书放在房子里面。店主是个朝鲜族人，喜欢写字，除卖书外，还经营艺术签名。没有顾客来，店堂空荡荡的，他就一个人坐在柜台前，对着字帖练毛笔字，墙上挂着他所获名头很大的奖状，都是北京文化公司发的。对这个，他很投入，很满足。他给我看一些字，我觉得写得老实，一点一画很正规，但很拘泥呆板，缺少韵律，精气神不足。他卖的尽管是旧书，但要价却不菲。理由是，以前出版的旧书现在很难找了。以前出版的旧书，编校质量好，没有错别字。以前的书装帧设计好，版式好，不像现在的书花里胡哨，没有内容，编校质量不过关。那些明星画册，两三块钱搞定，某某文选，五角钱拿去，以前的文学艺术书，起码要十几、二十几块钱。其实他说的是那些《三国演义》《红楼梦》《水浒传》之类的。不过，我在那里花了五元钱淘到了50年代的《曹操论集》，里面有郭沫若的一篇《曹操是民族英雄》，还有黄裳的一本散文集《过去的足迹》、张承志的《一册山河》。

前年，在北机市场旧书摊上，我遇到了一位卖书的老人，七十多岁了，骑着一辆重磅的自行车，书打成一包。把包布打开，书铺上去，坐下来瞎聊，他姓张名同心，是黑龙江鸡西的

一个煤矿的干部，未退休的时候，集资承包过煤矿，过了一年，煤矿不让承包，所集的资金能收回来，就很幸运了。退休后，回到了山东的老家。他有六个女儿。一个女婿在北京搞装修，一个女婿在北京上大学，读的是英语专业。他跟着过来了。女婿女儿让他在家里安稳地待着，他不乐意，不出来找点事情干，就无聊，闷。一天到晚在家待着，很难受的，像坐牢一样。他说。我50年代开始写作，曾经投天津的《新港》杂志，写新诗。因为喜欢文学，我们聊得很开心，他喜欢说50年代的作家，如唐弢、孙犁。"马铁丁，你知道吗？""我知道，写杂文的，就是陈笑雨、张铁夫、郭小川他们合用的笔名。"老人说他喜欢的还是那个时代的，以前的歌要多雄壮就有多雄壮，要多柔美就有多柔美，"大海航行靠舵手""浏阳河，红太阳"80年代的好听，"边疆的泉水清又纯""泉水叮咚响"就现在不好听。我说我还是喜欢民歌，你说的时代色彩太强，平民意识不够，我喜欢的是《拔根芦柴花》《小河淌水》《十大姐》《康定情歌》《达坂城的姑娘》，等等。这是民间自由自在的表达，老人说："我正好有一套中央电视台的《中国民歌》节目的书，有CD，我送给你。你有作品吗？"我说："有，《蛤蟆居随笔》。"我给了他一册，给了他我家的号码。他很高兴，隔了几天，抄了厚厚的一本诗稿送给我，让我看看。

游明湖

清清的水
蓝蓝的天
金黄的太阳

小巧的船

大明湖畔古迹多

春风依依银浪翻

诗千首

画万卷

够你看来够你观

人到西子风光好

哪有明湖景色鲜

掬捧湖水品品味

哎哟哟

一口喝掉七十二名泉

采蘑姑娘

脚踏那绿茵青草

手捧满把山野花香

背荷蘑菇竹篓

身披西斜夕阳

一路欢笑一路歌

嬉闹追逐下山冈

欢歌一串串

笑语赛铃铛

背篓里装满野生的蘑菇

满眼里尽是林海风光

无 题

悲欢离合非人愿

生死来去一瞬间

五十六岁走太早

三十五年苦无怨

高山孤魂无人陪

人生最苦老无伴

子孙满堂无比孝

怎及你我手相牵

　　他的诗属民歌体，自然顺畅。他的妻子亡故了，他很落寞。老人在北机市场，卖了将近两个月的书，他女婿帮他卖了几天，后来没见到他了。他说，你就是胡先生？他经常说起你，说你是他的知心朋友，他说你来买，不要钱，你拿去就是。他总是说到你家去。他给了我四册《民间文学》是80年代的合订本，呵呵，我又回到了民间。北机市场的旧书摊，使我感受到了民间的情味。

　　最后一次遇到老人的女婿，他说老人在梨园摆摊了，因为这里太远，不方便，让我去

◎ 通州西门拆迁前的景象

走走。

今年上半年，他打来一个电话，说自己不卖书了，女婿给他找了在一家公司做门卫的工作。几年过去了，他还记着我，想着我，实在难得。

通州的西潞苑农贸市场有一个旧书摊，书的品种很多，但露天堆放，满是灰尘，没保管好，要价也很贵。摊主见你不讨价还价，一下子买很多的书，就满脸堆笑，如果只挑不买，讨价还价，就会不耐烦。我曾经买过几本，后来很少去了，路太远了。

旧书摊集结再多的地方，是西门旧货市场，有四五个摊位卖旧书。我走得多了，都熟悉了。一个戴眼镜的微胖的中年男子老徐，和戴眼镜的妻子一起，在靠东的第一家。我用六块一本的价格买来50年代出版的查良铮（穆旦）翻译的《拜伦诗选》和楚图南翻译的《在俄罗斯谁能快乐而自由》。我找到了史铁生签名的《命若琴弦》，还有刘湛秋签名的《叶赛宁诗选》。在角落里发现50年代出版的苏联教育家马卡连柯的《父母必读》，三元钱一本。还有中国艺术研究院傅谨《草根的力量》，也三元钱，写台州民间戏班的生存状态，那本书我一直在寻找，真是踏破铁鞋无觅处，得来全不费工夫。

老徐的隔壁是一个中年妇女。书的品种不多，花十元钱买了80年代出版的《洛阳伽蓝记》《寺塔记》《大唐西域记》，共三本。再过去的，最靠南的是一个中年的男人，有点瘦，喜欢书法绘画，平时也练上几笔。他在我前面画虾、画螃蟹，写毛笔字他见过许多书法家，比如，欧阳中石、刘炳森。他很喜欢启功、喜欢吴冠中。他说，吴的画有创新，独一无二，但对于笔墨等于零的

说法，不赞同。与那位老兄谈书画，一谈就是一上午。那老兄把画册和字帖定价很高，但给我很低的价格。我不能总捡小便宜，掠人之美。花五十元，买了一套中国传世人物画，书商做的，印得很精美。

老徐和那位爱书画的男子的背面，是王百玉的摊位。在那里买了几本很不错的书，比如，福克纳和马尔克斯、赫尔岑的短篇小说集，伏尔泰的《老实人》，黄裳和丰子恺翻译的《猎人笔记》，丰子恺翻译的《源氏物语》，以及里尔克的《杜伊诺哀歌》，希梅内斯的《小银和我》，还有80年代出版的《夏洛的网》，还有几本诺贝尔文学奖获得者诗集。我喜欢那时代的书，阅读的感觉不错。摊主比较直爽，那一天黄昏，我把100元钱交给了他，忘了找赎，第二天

◎ 通州万达广场，是在西门拆迁后建设起来的，原来的书摊朋友在这里开了一家旧书店

同他说起，他爽快地说，是没找给你，胡大哥，你是老顾客，我怎好昧你呢，即使对任何人都不能这样。挣钱不容易，你们到这里来，是看得起我，我们这里需要回头客。小王二十多岁出头，来自河北农村。他不喜欢替人家打工，那是把自己吊死，现在开这样的摊位，自己为自己做事，不吃力，而且有书看，也是很自在的。他的女朋友和哥嫂也帮忙打理。我有时候不带钱，他把书捆好给我，你随时给都行，老朋友呢，不在乎这个。他说，最大的希望是旅行，最想去的地方是在云南的香格里拉。西门之外，就是通州最喧闹的主街道，车来人往，车水马龙，而旧书摊很安静，应该算是通州文化的香格里拉了。

不知什么原因，西门的旧书摊，就剩下两家了。我终于在文字的梦幻中苏醒了过来，感受到生计的一种艰难和困惑。

与旧书摊相遇，是萍水相逢。

新华大街电脑城

从北苑到西海子，要经过西门、西大街，到新华大街。新华大街路口西有个体育场，边上原来有一个电脑打字店，现在没了。南边有两个如楼房一样高的雕塑，蒙古人的相貌服饰，捧着盘子，像饭店里跑堂菜的。他们伸长的手臂成了一个拱门。人和车在他们的腋下走来走去。雕塑的北面，有一个过街楼，人们在楼的胯下钻进钻出。左边，有卖电脑耗材的，打印纸，空白光盘，墨盒。我经常在这里买打印纸，比别的地方每袋便宜两元；打印墨水十元一瓶。右面的，是电脑城。

　　底楼，卖本子、钢笔、三角板、圆规、手袋、提包、电动玩具车、模型坦克、玩具枪、舰艇、书画装裱。二楼，旧电脑翻新，电脑组装升级，旧电脑的收购和出售。三楼，手机大卖场，卖手机、电话机、传真机。二楼的老板说，可以买新零件组装电脑，专业的话叫攒机，两千块的新组装电脑，只要零件质量保证，性能不亚于四千左右的品牌机。老板说，如果你不想攒机的话，我这里有旧电脑，1000~3000元，4000元左右的都有。可以保修，可以优惠。

　　光驱、内存条、硬盘、主板、CPU、开了膛的机箱、缠绕着的电线、一字排开的显示器，张开渴望的眼睛，它们在渴望贡献余热。当显示屏被点亮，呈现画面的时候，死寂的电脑，焕发了光彩，焕发了声音，让人痴迷。我的电脑是586，用了六七年，

◎ 新华大街两旁的人物雕塑

还在用，用的是 5G 小硬盘，硬盘有四个坏道。CPU 和主板没问题，我想换一个硬盘。老板说，这个破电脑，换了吧，无法升级。现在硬盘要 80G 以上了，你的小电脑带不动。我舍不得，还是继续使用。幸好在网络上下载了一个 FBDISK，把坏道隐藏了，硬盘继续工作，不出问题了。我用这台破电脑写了三本书，还有许多散文。那个老板对我说，你这台破电脑三十元钱都没人要！反正我还要用它挣稿费。

电脑城很少卖新电脑，新的电脑不出几年就得淘汰，电脑和汽车、手机虽然时尚，可不比房子，房子增值，而电脑、汽车、手机一买下来就贬值。我要那么好的电脑干吗？电脑贬值了，就成旧货，不出问题还好，有问题的就要拆解，让主板内存和 CPU 完成新的组合，老的生命停止了，新的生命诞生了。这使我想起了城市，老房子被肢解了，变成了新房子，新房子落后了，又换成了新房子。北京城诸多的房子，就像电脑的机箱，我们犹如电子一样，在固定的线路元件之间奔走，被别人的按钮控制着，当那些人按着按钮开关的时候，在线路通断的时候，我们的 0 和 1，就完成了重新的组合。它们成为散文、诗歌、戏剧、公文、合同，成为一个缩影，一个游戏，一个命定，一个标本。

◎ 新华大街，前方右侧是通州博物馆

电脑城的音乐震耳欲聋，柜台里放着的MP3、MP4、录音笔、数码相机，就如我们的眼睛，想完成一个时代的记录。但是按钮没有按下来。大概十年，这个电脑城和新华大街，进入了拆迁时代，就像一台即将拆解并重新组合的电脑。我们这些自由电子，照样乱跑。

西海子公园与燃灯塔

西海子的大门正对着小巷，小巷很狭窄。巷口有一个饭店。公园的门口，有两个大垃圾箱。那种暗红的垃圾汁水，慢慢渗出，漫过小巷。人们在砖头上蹦跳，好玩。车子才不管呢，开得飞快，那种红色的汁水，在车轮下绽放，瞬间，如一朵波德莱尔的恶之花。

西海子不卖票，任何人都可以进，迎面一个湖，水面不辽

◎ 通州西海子公园

阔，如江南乡间的鱼塘。水中没有鱼，也没有花。有鸭子船，情侣踩着水轮子前进，一边踩一边嚼着口香糖，一边踩一边喝果汁、矿泉水，一边踩一边嘻哈大笑，鸭子船在水面上打着圈儿转，好玩。

水面上展开电子水战游戏，游船被制作成火箭、坦克、飞机的模样，孩子在上面疯狂地按着按钮，嘟嘟咚咚嘀嘀，电子集成芯片形成的声音，响成一片。当击中浮靶子的时候，靶子喷出水柱。孩子举手欢呼，好玩。胜利了，凯旋了，孩子在高声叫，得意忘形。战斗的胜利刺激更多的征服欲望，战斗能找到英雄的感觉，历史就是英雄创造的。有人说，你不对，历史是人民创造的，历史是人民在英雄的领导下创造的。人们记得的只是英雄，人民只是一个陪衬，一个背景。远处，传来京胡的声音，京胡很尖细，如同丝缕，一个男子捏着嗓子，学着女子的声音，歌唱英雄的故事。京剧，声音很长，有很多的装饰音和滑音，大概是《锁麟囊》或者是《宇宙锋》。他们站着唱，不走圆场。京剧是男子演女子，与越剧的女子演男子不一样，但是，还是少不了生旦丑末这四柱头，戏曲就是这样的一个凉亭。在凉亭里唱戏，好玩。

西海子目前就是一个陪衬，一个背景。背景是湖上横架的长廊，石头的美人靠，木头的长椅，有人倚美人靠而瞭望，而沉思，有人坐在长椅上歪着脑袋打盹。有人下棋，车马炮把战斗虚拟了，一两尺见方的棋盘，将战场的硝烟浓缩了，两个白发的老将在运筹帷幄，脸上一阵阵抽搐。亭子的石桌上，麻将牌的背面是竹子，正面是塑料，或者都是塑料的，从一万到八万，从一洞到八洞，从一索到八索，春夏秋冬，东南西北，渔樵耕读，中风白板。暗杠和了，一百二十和！一个老人眉飞色舞，其他的几个垂头丧气。麻将重新搅乱，重新码起，一墩一墩，建立秩序，决定权在乱转的色子上，六点朝上，六六大顺。好玩。

西海子是颐养天年的老人的仙境，下午的麻将牌，推出最美妙的时光。麻将，燃起青春的欲望。西海子的北面是树林，林子里坐着许多的年轻人，将塑料布一摊，就坐着打扑克，小2，黑桃3，参谋，大王，升级，剃光头。拿分数，抢上游。两个小2合起来，把一个司令王牌打飞了。真好玩，但不宁静。

不好玩的地方也有，那就是李卓吾墓。因为是墓地，所以来往的人就少。其实，这里不是他当年的葬身之所。李卓吾的墓在乡下。李卓吾不是道地的通州人，他是一个无家可归的人。他的名字叫作李贽，来自福建泉州的北漂。他的才华盖世，但是个性似乎太张扬了一些，有点迂腐，他认为朱熹二程的道学很虚的，就乱写乱说一气，求得片刻的愉快，但是惹恼了掌权者。掌权者统治百姓，全靠程朱理学的法宝，他自然招致了那些正人君子的怨怼。他在南方就无法容身了，因此，朋友将他接到了通州。但他照说照写不误，最后把自己写到牢狱里去了，到了牢狱还继续唱对台戏。李卓吾就被下到监牢里，想想自己没有出头之日，干脆在牢监禁子手里夺刀自绝了。在自绝之前，他对朋友说，春来多病，急于辞世，落在老朋友的手里，此最难事，此予最事。他说，我死了之后，你们替我找一个高丘，向南为我开一坑，长一丈，宽五尺，深六尺，然后在中间挖二尺五寸土，长不过六尺有半，宽不过二尺五寸，以安吾魄。然后用芦席五张，垫平其下，安我在上，此岂有一毫不清净者？我心安焉。——未入坑前，可将我搁在木板上，用在身的衣服就可以了，不要换新的衣服，面上加一掩面，头照旧安枕，而加一白布巾单总盖上下，然后用裹脚布交缠其上，然后平平扶出，到五更时，寂寂抬出，到了圹所，就可以装置在芦席之上。然后在上面加上二三十根的椽子，再在上面铺上芦席五张，最后封土。真的视死如归了，他连棺椁都不要，何况那些虚伪的繁文缛节了。这篇遗嘱写得很轻松随意，也很潇洒，与他的《焚书》《续焚书》《藏书》《续藏书》一起传了下来，成为他独特的墓志铭；李卓吾死时七十六岁，也算是古稀耄耋之年了，真因为饱经了风霜，他把一切都看淡了。他

◎李卓吾墓

的朋友马经伦按照遗嘱，把他的遗骸搬出来妥善安葬，也算不幸中的大幸了。

李卓吾的墓碑是吴晗题名的，吴晗的结局也好不到哪里去。这砖头垒成的墓，顶上一丛茅草，倔强地在风中摇曳，似乎慨叹着他的生不逢时，如果晚一些，或许他可成了五四新文化的先驱了。我在一本书上知道李卓吾，被列为中国十大思想家之一。思想是可怕的，尤其是不合时宜的思想，正人君子见了如见洪水猛兽，心惊胆战，如临大敌，千方百计，除之后快。思想就像一粒星火，能烧掉一座大山，防民之口甚于防火，防人之口甚于防川。这不只是桀纣时代，在明清直到民国，历史上对新思想都是严厉打击的，甚至到 21 世纪的当代，还是延绵不绝。但思想，还是如同水火，如同水火间蓬勃的野草。有空间，有温度，它都存在着。荣与衰，衰而荣，直到永恒。思想不会寂灭。

通州塔在西海子的东面，要过去，得先往北绕过树林，向东，经过一道铁栅门。中午的时候，铁栅门禁闭，没有人上班。我需要买票进入，票价三元。我等了一个小时，人终于来了，就我一个。三元成了通行证。一个甬道，两旁有许多石像生，翁仲，石人石马，是在乡村的显贵人物的墓地中移过来的。那显贵人物的躯体早已陷落成泥，只有这些石人石马饱经风雨，与残草枯木为伍，在瑟瑟的风中，依然沉静。石人石马的旁边有一个荷塘。荷花已经凋谢，荷叶已经枯卷，荷梗直冲天空，举着莲蓬。岸边的莲蓬早已被人摘光了，能看到的这些都在荷塘的中间。其实，我很喜欢看枯荷或者残荷，除了季节的幽凉之外，又有生命被摧残的坚强和宁静。水流静寂，扬不起微波。在这个时候，我的荷仿佛在沉睡，即使朔风起，寒雪降，一概如常。

　　路边有块石碑，介绍通州塔的历史。这塔建于辽代，现在还保护得很完整，据说清代康熙年间发生了地震，塔垮了，人们在废墟里看见了一枚佛牙，还有许多的舍利，于是进行重修。八国联军破坏了一次，"文化大革命"破坏了一次，1976年唐山大地震又损毁了一次，到了1985年进行重修，人们在塔顶上发现一棵松树，就把它搬来，移植到碑的旁边，通州塔是燃灯舍利塔，很有佛家精神。但碑文上把舍利写成了猞猁。猞猁是灵猫，而舍利是高僧遗体火化后的结晶物，与猞猁八竿子打不着。可见文字上还是要讲究，不能乱写一气，尤其是旅游的文字，应更加细致认真。

　　从石像生到通州塔，要走过一段天桥，天桥为铁制的，架在人家的屋顶上，在桥上行走，透过人家的窗户，可看见室内的桌椅板凳、电视机、床、灶台，一个男子在自家院子中，摊开手脚成为一个大字，他的妻子（妹妹？）当当地举着菜刀剁肉，孩子在树下凳子上做作业，电视里放着一首快节奏宛如刀子切菜一样的歌。这只是天桥下众多人家中很有代表性的细节。傍晚的阳光落在屋顶和窗台上，给人温和的感受。通州塔的边上，有许多咏赞通州的诗碑，笔墨酣畅淋漓。通州塔的塔刹、相轮，以及密檐、风铃、须弥座，在晚霞中成为一个剪影。耳边是檐铃的叮当。在风中摇荡的叮叮的声音，潜入耳鼓。这种檐铃，叫作铁马，铁马响叮当，令人想起金戈铁马，想起铁蹄下的歌女，看运河的倒影，心里不宁静了。

　　燃灯佛塔之下有小庙，规模不大，但有意思，没有僧人，只有几个当地的老乡在看望。人们很自由地出入，上香不上香都可以。自在，随意，要比买票的寺庙更贴近人心。

佑勝教寺

圓融無[礙]

寶塔鎮運河廣慶[...]

轉

◎ 一枝塔影认通州：燃灯佛塔

归来读《通州古代文物》一书，得知通州城是条大船，这个燃灯塔竟成了桅杆，鼓楼是船舱，玉带河是锚。还有人说，这是镇妖之塔，因为河里有条鲇鱼精在兴风作浪，忽然响起样板戏在唱"天王盖地虎，宝塔镇河妖"，真是不虚。这塔的传说与运河有关，燃灯塔是航标，是通州的地标，在运河上行驶的船看到这座塔，就证明已经到了皇都，到了京城。诚如诗中所说，"无恙蒲帆新雨后，一枝塔影认通州"。"半空铃语云间碧，元夕灯光顶上红"，这也是人们所寄托的太平世界，也是我们所企求的安详境界。

在燃灯塔下，我依然有漂泊的感觉，我很入世、很世俗，我无法进入神圣，但我早已对它五体投地、顶礼膜拜了。

宋　庄

宋庄，是通州一个小镇。这里住的艺术家，画家很多，都是外地来的。有很著名的，厉害的，也有挣扎于生活底层的，生活难以为继的。但是，住在宋庄的艺术家，不管怎样穷困潦倒，还是要从事艺术的。

到宋庄可以坐 938，但不方便。宋庄离通州城 20 里路，最好打的。通州打的便宜，20 多元就可以到那里。宋庄不叫宋庄，叫作艺术家公司，是一个集体。宋庄的艺术在主流之外，但也渐渐进入了主流，流出了国外。宋庄的艺术是民间的，原生态的。

我作过一本《北漂者心声》，反响甚好，我采访了宋庄的艺术家，我的朋友史一可和我的妻子阿慧一起去的。

◎ 宋庄街景

我们做《北漂者心声》这本书，带着自己的耳朵来。他们这些所谓的艺术家坐在倾听者的对面，嗷嗷地叫。耳朵代表思想、代表眼睛吗？眼见为实、耳听为虚吗？

我们的声音左右不了耳朵，耳朵也左右不了我们的声音，我们真切的声音在哪里？什么改变了我们的声音？

宋庄这些艺术家的耳朵，与我们关于北漂的倾听、诉说和记录成了一种很好的对应。我们在拾掇追溯和探寻中，却把声音扭曲了，变异了。像京剧中的票友，你把演唱着的自己当成梅兰芳，把台下的梅兰芳当成了观众，又有什么关系。宋庄的艺术家，是村民；但村民，也是艺术家——角色的转换。

宋庄的一些艺术家标新立异，他们横空出世，他们哗众取宠，他们放荡不羁，他们玩世不恭，他们如痴如醉。王小波说，一头特立独行的猪。不，一群特立独行的猪。叔本华说，一群相依为命的豪猪。在冬天的时候，他们挤在一起相互取暖，但靠得过紧，就被各自坚硬的刺刺痛。现实就是这样，他们买醉，把半醉的行为。当成行为艺术。自由，自在，潇洒，逍遥。

那位艺术家带着史一可和阿慧，在宋庄的小街巷中游魂似的经过三个胡同，绕过两个工地，他家在栅栏的后面。回来后，阿慧和史一可饶有趣味地介绍说，这是艺术家新租的房子。

先是推开一个带锈蚀铁铧叶的院门，狗拖着绳子狂吠着，老式手摇电话搁在离天花板最近的架子上，一大串桃木佛珠耷拉于桌角，是在希尔顿饭店附近买的，窗棂上的小藏刀是一个名叫那佳的天使送的，那时他在琉璃厂卖画；裂了三道纹的木柄镜子，是从潘家园捡的，一幅《水妖的诱惑》还按在画板上，是他两年前画的，书架上有本《马尔多罗之歌》。他说，你千万别碰那风扇（花生牌），转起来要人命的。窗台上的白菜顶着一柱黄花，他说这是他吃剩下的半颗，放在案板上久了，他对着这半颗白菜寻思了一宿，不懂这些年的奔走，与这剩白菜花相较，哪个更加先锋。

史一可说，她一直在搬家，但是，没有离开宋庄。我觉得

◎ 宋庄艺术家在工作中

宋莊美術館

ANGART

© 宋庄美术馆

这样的人恰恰是真正的性情中人，她们没有掩饰自己的情感和思想，听到这样的思想和情感，真的有着天籁一样的感觉。阿慧和一可，去宋庄就像我去张家湾一样，总是迷失道路。她们在新华大街拦了一辆黑车，到了宋庄，在村口下车，宋庄的农民和艺术家正在津津有味地咀嚼他们的饭食。

在那个时候，宋庄的艺术家和农民没有任何的界限。

听史一可说，这位画家不再租房了，他在宋庄小堡买了一所小院。他去了一趟老家，回来发现屋内空空，他们一起吃饭就像

现在的村民和艺术家一样，不分彼此，但是，这个看起来很和谐的关系，被逐渐地打破了。

宋庄不是乐园，是战场，每一个艺术家面临的战争都是不见硝烟的，他们都在激烈地竞争着。许多人倒下去，又有许多人站起来。宋庄是一张名片，不再是艺术家的摇篮。宋庄，是艺术化的达尔文社会进化论的鲜活标本。

宋庄虽然在农村，但不平静。这里不再是艺术家的世外桃源，更不是人们心目中的净土。一切都在变，宋庄已经被艺术家

的手，被这个社会时代的手，涂抹了许多眼花缭乱的颜色，让人无法找到本真。宋庄既接近梦想，也逐渐远离梦想。现实与艺术的梦想，总是背道而驰。

我手头放着两本书，一本是《黑白宋庄》，另一本是《艺术评论》，有一个宋庄艺术家的黑白合影，在墙下，瘦长的，肥胖的，微笑的，愁眉苦脸的，各有特色。一个特殊的群体，一个小小的社会，一片庄稼地，一片自生自灭的庄稼。

这就是我在这里所竭力表现的原生态。

2007 年 7—11 月，记于北京通州

此文发表于《农家书屋》《绿色中国》等杂志

长城院墙

  二道梁村位于金山岭长城以北，属河北承德滦平县管辖的地带。它与村民周万萍一样，一直与长城朝夕相依，同甘共苦，经年落寞，名声赫然。周万萍的主要身份依然是个农民，另一个角色就是专业的长城风光摄影家。长城因为有了他，他也因为有了长城，更加神采奕奕，长城与摄影，都成了周万萍的灵魂依托。

  "金山岭长城成就了我和同村的摄友们！我们拍摄长城，是对家乡和村庄与长城的感恩。我一时一刻都不能离开长城。长城就是我们农家的院墙，随时围护我们的生活。"周万萍打开他的店门，静静地对我说。此时，阳光从西边的山口投射下来，照在他的脸上，一片纯粹的金黄色。

  周万萍的商店就在金山岭长城戚继光将军楼边的库房里。平日里他一边出售他与朋友拍摄的长城画册，还有胶卷、电池、矿泉水、饮料等物品，一边向客人介绍长城的掌故与传说。从将军楼上往北鸟瞰，山谷之中，二道梁村一派安静，一半落在山的暗影里。而它所依傍的长城，成为一条黝黑的剪影，凝重中却蕴有飞舞如龙一般的灵动神韵。

  周万萍在《中国国家地理》杂志上撰文说，"窗外长城舞万山"，语气里充满了自豪。长城成了摄影机镜头中经常出现的影

◎ 清晨旭日初升，周万萍开始他的摄影创作

像，是他独一无二的财富。他早已熟稔这里的一切，无论是落满霞彩的早晨黄昏，还是风生水起中的雨雪雷云，长城都呈现着其独特的风姿。周万萍伫立在山顶上的小库房里，用内心真切地感知长城与山间草木的种种幽微。

我坐在周万萍库房小店的门槛上，侧耳倾听他与长城的诉说。周万萍生于 1965 年，属相为蛇。小时候，他一出门，一睁眼，就能看到对山的长城。六岁时才第一次上长城，是父母牵着他的手爬上将军楼的，那时将军楼被风雨揭掉了屋顶，只留下四面的断墙残壁，长满一人高的荒草，雉堞上全是大大的裂缝。风吹过去，簌簌地响，宛如箫笛胡笳。附近的敌楼也同样坍了顶，布满大大的空洞，摇摇欲坠。周万萍听父母讲起孟姜女哭长城的故事，总以为这残破的长城是被她的哭声所震撼的，内心总充满着久久的感伤。

周万萍行动不便，每走一步，全身摇晃，这是他九岁时遭遇的一次意外触电事故造成的。他的左手小指严重萎缩变形外翘，走路也跛得厉害，再加上家境贫困，上完初中就辍学了。正巧这个时候国家文物局拨了几十万元专款重修长城，他吃力地与邻居一起背砖上山，每搬一块八分钱，一块砖二十四斤，邻居一趟能搬八块，他最多只背两块。背了一年半城砖，再加上卖汽水饮料，周万萍积了四十多元钱。他拿着钱跑到镇上的照相馆去，好说歹说，让老板匀给他一个旧"海鸥"双镜头相机，作价恰恰四十元。"血汗钱哪，胜比现在的四十万元哪！"周万萍耿耿于怀地说。

直到今天，周万萍还是在心底里感激那位老板。拥有了第一台真正属于自己的相机后，他欣喜若狂。老板告诉他光圈速度曝光等要领，让他上长城去实践操作，为游人拍旅游纪念照，冲洗完毕，就按游客的地址寄过去，一开始就拍坏了许多，拍坏了就要退款，不但赔胶卷，也赔邮资。但为人拍照，他认识了很多同行，其中就有著名摄影家陈长芬。陈长芬说，你要多拍长城，这是真正的艺术创作！一句话令周万萍犹如醍醐灌顶，开了窍：陈老师说的话真管用啊。周万萍说着，品呷了一口茶。

周万萍说当初拍长城实在是苦，一下雨、打雷、刮风、下雪、起云雾，别人往家里躲，他却一个劲地往山上跑。这美妙的光影总是在倏忽间与他失之交臂。这是很遗憾的事。同外面赶来的摄影家比，家住在长城脚下的周石萍"近水楼台先得月"。风霜雨雪，月夜朝暮，云海彩虹，长城风姿万千，都聚焦在他的镜头中，成为永恒的影像记忆。

十几年下来，周万萍的手头也积累了数万张长城照。他翻出那幅著名的《雾锁长城》，这是1992年拍摄的成名作。前一天晚上，他看天色，知道明天一早肯定是拍云海日出的好清晨，便一夜候着，通宵不睡。凌晨两点钟，星星还在眨眼，他就背上三脚

架摄影机，一瘸一拐地出了门，深一脚浅一脚地爬到小金山楼东南边的崖顶上，在那里反复选择立脚点，调整最好的拍摄角度，一直往崖边退，退，退，差点失足被风吹落崖下。当金色的太阳升上来，霞彩万道，把小金山楼和城墙照得通红的时候，云海汹涌起来，长城更像金龙一般，翻腾于祥云之中。他看准了迅速按下快门。"当时舍不得用胶卷，只拍了两张"，他把这两张照片投寄到《辽宁青年》，没想到很快地赫然发表在杂志的封面上。当驾着摩托车的邮递员将样刊交到他的手中时，他两眼噙着热泪，长城摄影终于搞出名堂来了："在这幅作品中，长城呈现了伟岸、刚劲、柔和的线条之美！"

周万萍最得意的作品是一幅体现长城彩虹的《气贯长虹》。

◎ 为了寻找最佳的角度，他行走在长城边缘，脚下就是深不可测的悬崖绝壁

那是 1994 年 8 月的一个下午，长城上下了久违的一场雷雨，这是难逢的好机缘啊，周万萍急忙用塑料布蒙住相机，一头扎进雨幕里。雨后斜阳，关山苍翠，黝黑云层下，现出绚丽的七彩虹，长城被阳光照得金光闪亮，与彩虹云天成为一个绝妙的陪衬，这幅作品前景就是将军楼和库房，背景是厚黑的云天，彩虹冲破九霄，气势磅礴。作品被送了出去，几个月后，获得全国摄影艺术展览金牌奖，整个二道梁山村都轰动了起来。

1998 年，周万萍将《雾锁金山》投寄到联合国教科文组织，参加"世界自然和文化遗产"摄影赛，获得了二等奖。长城管理处征得他的同意，把它印在门票广告牌和宣传页上，周万萍免费赠予使用权。长城管理处将将军楼边上的库房交给他管理，让他卖矿泉水、饮料和照相机、胶卷、电池，以方便他拍摄更多的佳作。库房因周万萍住着也有了维修保护的方便，周万萍因有了库房便有了更好的谋生立足之地，经济来源也有了保障，真可谓是两全其美啊。

在山上久住，周万萍自然地成了气象专家。什么时候下雨，什么时候下雪，什么时候出彩虹，什么时候起云海，预测得一清二楚，并打电话通知同行过来。他让我看摄影画册里一幅表现长城闪电的照片：长城的雷电不是直劈的，而是横飞的。这多危险啊，需要多大的胆量啊！我惊叹道。周万萍微微一笑说，我才不怕雷电呢，已经电过一次了，习惯了。

次日一早，周万萍带我到了拍摄《雾锁金山》的那个崖顶。若不提醒，这崖顶往往被人忽略掉，周万萍说刚开始时还觉得独特，老是在这个地方拍，就没意思了。他要找一个更好的地方，便跛着脚带我穿过金山楼，高一脚低一脚地走了十多里路，爬上

○ 长城是院墙，也是金界

一段障墙屏立的最陡坡城，到了一个破城垛上，横抱三脚架当平衡杆，摇晃地走过边缘。脚下就是深深的悬崖。我起初担心他会不小心掉下去，但现在看来，他倒像长城上的精灵。

天空云彩翻滚，脚下风云鼓荡，长城蜿蜒升腾。日出和云海最好的景致，稍纵即逝，周万萍带我回到小店，看书，闭目养神。长城的库房缺水少电，他随便吃点家里带来的早已凉透的饭菜。每逢游客来，他总是不厌其烦地介绍长城的历史故事和趣闻，然后说，买本画册吧。酒肉穿肠过，不如买本书，书是永久的记忆啊。

周万萍的画册是《我的家乡》于 2000 年出版，12 开本，进口铜版纸印刷，精选百余幅长城风光作品。他印刷出版这本画册花了 2 万多元，"是养蜂的爹、种地的娘，还有哥嫂们、乡邻朋友们贡献出来的""都是血汗钱啊。"周万萍很感激。画册被大卡车运到家，二道梁村的邻居全过来，七手八脚帮他卸书，码得整齐。周万萍买了许多红福字，贴在画册的包装箱上，我图的是个吉利，他说。周万萍的画册很畅销，目前已经印了三次，发行了将近四万册。许多摄影家和游客除了欣赏纪念外，更多的还是把它当成游览拍摄长城的好向导。按图索骥，他们在长城上找到对应的地点，与周万萍一样，架起三脚架，支起摄影机，拍摄长城稍纵即逝的流光遗韵。

是夜，我住在周万萍的农家院里。他的农家院，坐落在二道梁村山坡最高处，门窗正对着长城的敌楼和雉堞。有时阳光把长城的影子投到他家门口 50 米的地方。这农家院不是周万萍的出生地，他家的老屋早已被征收，建成了富丽堂皇的宾馆。早先，周万萍一家八口人，住在小平房里，屋内逼仄，拥挤不堪。

周万萍出了名，外地的摄友都慕名而来，大家不得不挤通铺、打地铺。

老屋被征收之后，周万萍就在它的上面平整了地基，建起了现在这个有三十个床位的农家院。这农家院已经经营了十几年，由他的妻子打理。肉和菜是在村里采购的，柴鸡蛋、柴鸡、柴猪肉、水库鱼、蔬菜、野菜、野果，名副其实的绿色食品，香甜甘美，是城市很少吃到的山珍。我见到了周万萍的妻子，她年龄比周万萍小了许多，是邻近的曹栅子村人，嫁给周万萍时才二十岁出头。周万萍觉得妻子有文化，非常尊敬她，当年他为人拍纪念照，负债累累，身体残疾，而她不嫌弃，将终身托付给了他。

"老周什么都好，实在，诚恳，忠厚，有才华，但不帅。"为此，她将大儿子取名为周帅，小女儿叫周涵，读小学。孩子们放学时分，周万萍也从长城上下来，在路上他采来一束绚丽的山花，带给小周涵，小周涵高兴地将山花插在窗前的瓶子里。

小周涵喜欢照相机，拍爸爸，拍妈妈，拍我和周围的客人，摄影机成了孩子最好的玩具。

因为经营农家院，周万萍妻子学会了外语。有外国客人住下后，就给他们看丈夫的摄影画册。外国客人很喜欢，纷纷掏钱买。她用外语说，我是周万萍的"黑漆板凳"（爱人），画册价格优惠。半买半送。农家院的墙上，全是一些摄友信手拈来随便涂写的诗句。我一一抄录下来，"坝上秋色叶欠霜，金岭长城叶未黄，历尽辛苦赏美景，遍访名胜叹沧桑。""崇山峻岭永攀高，戎马摄场一代骄，佳友共聚金山岭，共叙四季风光好。"摄友大都是从远方成群结队而来，"不到长城非好汉，到金山岭不找周万萍是遗憾"，他们或多或少地在周万萍的摄影中领略了苍老和凝

重的神韵。

摄友们大多不熟悉路，周万萍用手机不厌其烦地无线遥控：从北京出发，沿京承高速公路行驶，到金山岭出口，左转，再沿村路开5里，就到了二道梁村。过村口，左转过隐仙庙，上坡，就到周家了。周万萍的手机总是打得发烫。二道梁村充满原始野味，保存了最本真的自然景观，最适合艺术风光摄影。

坐在他家门前，二道梁村尽收眼底。周万萍屋后的山梁叫二道梁，不高，仅两三百米。村以山名。二道梁属"巴克什"镇管，"巴克什"是满语，就是汉语"先生（有知识的文人）"的意思。村不大，六十多户人家，两三百名村民。明万历年间，随戚继光率领修筑长城的民工和兵士成了本村和附近村民的祖先。周万萍说，他的祖上是山东迁来的，到底来自山东何地，说不清楚。清兵入关，长城成了摆设，建城和守城的民工和兵士成了农民。二道梁附近的沙岭口和砖垛口，却是商旅、军旅必经的要道关隘。村民在此开设旅店和售卖物品，尚能维持生计。

二道梁村土地贫瘠，没有稻田，很少见到地垄，即使零星的几块地，种的大多是玉米大豆，现在所见到的山中草木，是长城开发旅游后保护起来的。真正让村民生活改观的，是长城的旅游。周万萍告诉我，售票处前和检票口内的诸多摊位饭店，基本是二道梁村民经营的。村道一尘不染，村舍基本成了接待游客的农家院，每逢节假日，就成了城里白领的桃花源。其他时间，村民都来摆摊，挣钱贴补家用，有时替外国人背包、用外语讲解导游，村民的外语是硬学的，可直接与外国人做买卖。而金山岭长城南边的村庄，基本上被清空了。司马台边上的村庄，拆迁也在紧锣密鼓地进行。

◎金山岭日落照 远处城楼为戚继光库房

　　与周万萍交谈，说得更多的是摄影，长城的保护是绕不开的话题。他喃喃地说，"长城旅游发展，大家有钱赚，是好事，但不能以损害长城、污染长城为代价。长城容不得半点玷污。"周万萍说，个人的损失可以忽略，但长城不能毁在自己的手上啊！君子爱财，取之有道，长城就是我家的院墙，看到长城受污染，我们浑身不舒服！在二道梁村，周万萍是最早拍长城的，村里有十来人搞起了长城风光摄影。看到许多村民搞摄影，周万萍很高兴，连连点头说，好啊好啊。大家旨趣相同，相互促进，互通有无，可以一起交流技术，提高摄影水平。

　　夕阳西下。

　　周万萍送走晚霞，唱着歌走向家门。周边一片安静，周万萍

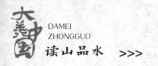
能听到长城的呼吸和脉搏。穿过一个敌楼，走向山谷中的二道梁村，看清妻女倚门的身影。众乡邻收拾停当，迈着轻松步伐，踏歌而归，打开了各自的家门。

周万萍家院前高挂的红灯笼点亮了，随后全村的农舍也灯火辉煌起来。

长城是二道梁村农家的院墙，围护着村庄宁静安详的古朴生活。

二〇一一年八月，记于河北承德滦平金山岭二道梁

发表于《农家书屋》杂志，有改动

丽日缤纷爨底下

走进村口我认识了一个古老的汉字

我是在一个风和日丽的金秋日子进入爨底下村的。从北京苹果园地铁站出来，走在艳丽的阳光下，在一片温煦中，我登上了929支线公交车。这班车的终点站是门头沟的西灵山，途经爨底下的村口。

车出西郊，所见到的山皆是崖石嶙峋，一派峥嵘，呈现出风尘岁月的沧桑削痕。北方的山，草木不甚丰茂，但极为入图入画。一路上，我就被路旁的山崖树木和村落迷住了。车行一个半小时到了斋堂镇，渐渐进入爨底下村的路口。我在路口下车，经过刻有"爨底下"大字的摩崖，左转一个弯，眼前的

◎ 在这里我认识了一个古老的爨字

景色顿时让我豁然开朗起来。在山坳中，一个石头垒砌的山村，屋舍的石墙与崖石有着同样的色调、同样的质感。虽然这里的土地不平旷，屋舍却整饬俨然，仿佛是陶渊明《桃花源记》场景的重现。爨底下村，安静，恬谧，如一个安详的梦境。

几年前刚到北京，我就在一个电视节目中拾取了爨底下村的光影，对这个北方的石头村留下了深刻的印象。但对爨底下这个村名，还是寻思了许久。而今我身临其境，终于感知到"爨"字的含义，及其深蕴的独特的文化精神。

认识爨底下村，从一个字开始。中国汉字中最难写的，就是这个"爨"字，整整有30个笔画。在爨底下村口写着大大的"爨"字照的壁下，村民告诉我：这个字会写的是一个爨，笔画清楚；不会写的，就是一大片，笔画重叠，一塌糊涂。《爨宝子碑》体现的是汉字由隶书到楷书的过渡演化，村头照壁上的那"爨"字杂陈着如隶如楷的风格。在风和日丽感受爨字意味，是最合适不过的。

爨，是象形字，也是指事字，更是会意字。一看爨就与烧饭有关，上面的兴字头，是饭甑；饭甑底下，搁着两块木柴；木柴之下，就是熊熊燃烧的柴火。查字典才知"爨"字果然有许多解释：一是烧火煮

◎ 爨底下村全景

饭，炊事；二是灶。火在灶下燃烧，故有古语云："爨下劳薪。"薪，也就是柴火，爨烟也就等于炊烟了。

村民告诉我，爨底下村的得名，缘于村北的一块岩石。那岩石宛如饭灶，村落就位于此崖底下。村西北有个爨宝玉沟，据说是太上老君炼丹的地方。又有人说，该村位于明代军事要隘"爨里安口"之下。因为"爨"字笔画太多，刻公章和写字印刷都不方便，后来改成了"川底下"。川为河，是水；"爨"为灶，是火，水火不相容。改名后虽然方便许多，但文化韵味削弱了。因此在村民的要求下，近年又恢复了爨底下的老村名。

在村口我看到一句话：弘扬爨文化，带走爨文化。我想这种爨文化，也许是饮食文化的一种。在爨底下村我见到了袅袅的炊烟——爨烟，自然有了真正回到山林老家的感觉。

伫立村头　我诠释着一个宿世的因缘

村里店主热情地送我一张地图，让我按图索骥。他说每户人家都开着，你随便进去都可以。我拿着地图，挨家挨户地敲门，迎接我的是村民灿烂的笑脸。爨底下村村民姓韩，是明代大将韩世宁的后裔，韩世宁为明代沿河城守口百户。韩家世代为军，有战事时守城出战，无战事时则以垦田耕作为主，于是守卫在爨里安关隘的这支韩氏人脉，卜居于此，形成村落，不断地生发繁衍。据说韩的谐音是寒，有冷的意思，须用火来融和，冷热相生，阴阳互补，方可保证家族兴旺不衰。

据考证，爨底下村已有500多年的历史。因为古驿道穿境而

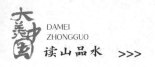

过，这里客栈兴隆，商旅来往，经济发达。村里 70 座四合院的建成，与那时的经济繁荣有着密切的关系。抗战时期爨底下村遭到了一队日军的侵袭，诸多房舍被烧，许多村民被杀，被日军焚毁的房舍就有 228 间。村里的青壮年重上战场，以报国恨家仇，分散各地，再也没有回到故里。新中国成立后，109 国道等建成，古驿道与村庄也随之沉寂下来。原来最繁华的所在，也成了最僻静的地方，村里百姓依靠仅有的田地耕作维持生计。过去漫长的岁月，村里面貌无甚改观，没有盖起新楼大厦，依然是一派古朴苍凉。

行走于空落的村道，找不到年轻人的踪迹。一些房舍早已无人居住，上了铁锁。恰恰由于这种闭塞与古朴，留下了一片原乡情浓，保存了原汁原味的田园风貌。我读到了墙上各个时代的标语，在"文化大革命"时期"心中永远的红太阳"的口号下，找到了清代时期隐约的战报，如同在屋顶瓦缝中，找到摇曳的黄草。一些村妇老人，坐在家门口，对着匆匆而过的客人，笑脸相迎。一位年纪有七八十岁的老太太，对着我呼唤："爨！""爨！"就像呼唤远行的孩子，寄托对过往华年的追忆，尽管她的面容如村庄那么苍老。

爨底下村再次引人注目是改革开放之后。在爨底下村东边的一个小弄堂里，我看见一家名为"鸿彪草堂"的甲一号院，匾额是舒乙先生题的。旁边靠着一块牌子，诉说着主人与爨底下村和谐而成功的故事。董鸿彪是一位画家，1996 年到这里采风，爱上了此间景色，通过绘画摄影等多种艺术方式在报刊上对比大力宣传，爨底下村渐渐为人所知。平时，他在这里出售摄影画册，为游客们绘画纪念，过着乡土味十足的艺术生活。

现在，村里的房屋都空着，变成了旅社饭店。在这里，住进一拨又一拨的客人。我行走在村庄中，想与董鸿彪一样，与村民同食宿，聊家常，用镜头和笔墨记载这里的传奇故事和淳朴的田园风景，诠释一个北方小山村的前世今生的因缘。

漫行村道　我品味过一个山村的浓情

爨底下村是一片芳香的土地，拥有自然化育的玄妙风水。说到村落的环境，爨底下村的村民无不得意扬扬，如数家珍。他们都说这里是极好的风水宝地。村前的大路和缓而优美地转了一个弯，如彩带一般把它围绕。村里人拿出很玄奥的风水理论来佐证，"地有奇巧有丑拙，巧是穴形美且奇，拙是穴形美且丑"。爨底下村的山是荒凉的，很少有葳蕤的树木，崖石突兀嶙峋，田地不甚丰腴，但群山四合，将整个村落揽入怀里，如同抱着婴儿的母亲，充满无比善美的柔情。

爨底下村坐落在谷底，整个村庄坐北朝南，背面有群峰遮挡寒风，阳光充足，温暖如春。正午时分，阳光自对面朝山的峰巅斜照下来，让我想起苏东坡的词句——"山头

◎ 山头斜照却相迎

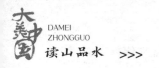

斜照却相迎"。四顾爨底下村周围的山峰象形状物，移步换形，有威虎镇山、神龟啸天、蝙蝠献福、神笔育人、金蟾望月诸景，深含人间福寿的吉祥意义。村民告诉我，这爨底下村，上卧虎，下藏龙，背靠龙头浸水，是自然山水风景最和谐的地方。在我眼里，村落成为此带风水的点睛之笔。

沿村庄南边的山道拾级而上，转过一个小小的送子娘娘庙，登上村庄对面的观景台，整个爨底下村全收眼底。层层的梯地梯田在村后的山坡上画出道道柔和而优美的等高曲线，让这里的风水变得更加玄妙而生动。山崖处的房舍为中心，以此为中轴线，整个元宝形的村落呈现对称的格局。在我的眼里，村落又成了一艘静静停泊的航船。船首建筑的关帝庙，彰显着忠义节孝的精神，当地人称为大庙。有男子英武之气的关羽，与南面慈爱的送子娘娘遥相呼应，和合阴阳。村民们求雨求子都到这两座庙宇里虔诚拜叩。从送子娘娘庙下来，穿过甲一号院，沿着山间小道蜿蜒而上，崖顶上关帝庙与钟亭毗邻，一片肃穆，站立崖首，自有羽化登仙的感觉。

在关帝庙西望，阳光从对面山口斜照下来，把位于爨底下中心崖上那几幢农舍照得非常亮丽，竟有点西藏布达拉宫的那种金色庄严。错落的屋顶，众多的四合院，由绶带一般的村道连接，成为一个和谐的整体。爨底下村的四合院，与北京城的四合院有着异曲同工之妙，但因顺应山势，呈现着不同的格局，显得特别小巧玲珑，体现出无穷的艺术况味。村里人介绍说，这里的四合院有正房，还有左右厢房、倒座房、耳房、罩房等，它们互为一体，但等次分明。一般老人长辈居住在正房内，客房、书房安排于倒座房，晚辈们居住在东西厢房。坐落于爨底下村的民居，体现着明显的等级次第。村中四合院最有气派等级最高的，当数财主院（它又叫广亮院），位于村中最高处，风水绝佳，背靠"龙头"山，面对"金蟾山"，五间正房，三明三暗。据说主人是当地最大的财主，曾开有"瑞庆堂"字号，在河北涿鹿有油坊和粉坊，在河北怀来有庄园，在北京城里有宅院。财主院三个院落结合在一起，有合有分，相互连通，外可抗敌，内可供家族成员分爨单居。

在村道中穿行，遇到一些村人，背着背篓驮着煤块，让我觉得与南方彝民相类似。低首石阶边上，有金黄的野菊花恣意开放，花瓣团簇，灿烂地映照着阳光。抬头仰望，是高挂的红灯笼、金灿灿的玉米和红彤彤的辣椒；垂首抚摸雕花的门墩，举臂触及雕花的门楣与牛腿（雀替），无论是花草还是人物图案，都

◎ 村中古道

○ 古宅

足以让我细细揣摩。在广亮院门前，有两块铺砌的石板，村民告诉我，一块叫"紫气东来"，另一块叫"脚踏青云"，富有吉祥意味。去村中的老井照照自己的面容，推推石磨，转转石碾，足以放松心情，生趣无限。

爨底下村的农家小院，随处可进、可坐、可歇、可食、可饮。我在村口买了一袋红薯片和一袋炒野栗，一路看景，一路咀嚼，甘甜滋味萦绕心头。渴了，到农家院里喝主人热心泡上的山野茶；饿了，就品尝这里的农家菜、山野菜和人情菜。苦麻菜、蘑菇炖土鸡、香椿摊鸡蛋、炸河鱼、炸溪虾，胃口大开，边吃饭，边听老人讲古，是一件很温馨的事情。要是在晴明之夜，居住于农家小院，看月上东山，看星辰满天，或行走在空无一人岑寂的村道上，自由地遐想，自在地漫步，不为尘世的生活所累，心灵旷达，回归本来的明净，该是多么的幸福！

行走在爨底下村，我自然忆起苏轼的词：莫听穿林打叶声，何妨吟啸且徐行。在爨底下这个北方的小山村里，我没有找到江南的竹杖芒鞋和一蓑烟雨，却看到北方山地满目的丽日缤纷。阳光照着远方的山脊山腰和农舍的院墙，"山头斜照却相迎"的感觉油然而生。"回首向来萧瑟处，归去，也无风雨也无晴。"这不仅仅是苏轼的心境，也不仅仅是爨底下村的意境，更不仅仅是所有行旅在自然风物中的情境。

此文发表于《绿色中国》杂志

石门洞中的郁离子

　　浙江青田向以石雕著名，我早有所知，但历史名人刘伯温更能激起我的许多感慨。后人们一一追寻他的踪迹，端坐冥想，当然是心有灵犀一点通。有人说，石门洞就如桃花源，只要一进入它的境界，心情舒畅了，胸襟也豁达了。但我还是感到很沉郁，因为，我看见一个像我一样结满忧郁的离了家的游子，那就是自称为郁离子的刘伯温——刘基。

　　我曾经在新世纪开始的那一年到过青田，拜访过石门洞，转眼又过了匆匆数年，不管在我以前的人，还是我以后的人，甚至包括刘伯温自己，都是匆匆逆旅中的过客，石门洞将一代代的人迎进去，又将一代代的人送出来，那艘穿梭摆渡的小船，那群漂泊来去的旅者，就像山间来回的鸟儿，找一个归宿，也像林中舞动的叶子，在寻找一个归依的根。

　　谁是有根的人呢？有故乡的人就有真正的根吗？不见得。我有故乡，也有着石门洞一样的故乡，风景也秀丽，但我们不得不为了生存与理想，从故乡出发，抵达另一个不为我所知道的地方，就像石门洞前的刘伯温，一乘船抵达对岸，他就已经无法回归了。

　　从石门洞出来的刘伯温，一直在找他的真正的"刘基"，这

"刘基"最终还是没有找到。所幸的是，刘伯温最后成了明太祖朱元璋的国师，一个躲在人家的帷幕后出谋划策的人物，在他的辅佐下，那个来自花鼓之乡的小名叫作"重八"的、当过流浪汉和游方和尚的"流氓无产阶级"成了"九五至尊"，而不幸的却是皇帝的猜忌，在不得已之下，他又回到了青田。我不知道他是否再住过这里的石门洞，在他失意的眼里，此景早已一片破败凄凉。最终还是一个失乡之人。

◎ 石门洞瀑布

刘伯温是忧愤而死的。而那个亲如兄弟的朱元璋，有没有恻隐之心，有没有拯救他的性命？朱元璋炮炸功臣楼，连徐达这些开国的大功臣都容纳不了，制定了名目繁多的酷刑，黥刺、阉割诸刑之外，又有凌迟、剥皮、刷洗、抽肠、挑筋、去膝盖、剁指，等等，词直到现在也令人们不寒而栗，怎么能关照你小小的刘伯温？他最担心的是功高震主。刘伯温的忧郁不是无根之木无源之水，他因此丧命只不过是迟早的事，朱元璋动怒了，一个狭窄的石门洞能庇护住手无缚鸡之力的文弱书生吗？

当朱元璋把所有拥有硬头颈花岗岩脑袋的刚直臣子杀完之时，刘伯温已经是68岁的皓首老翁了，尽管比他小了两岁，也应该算是老态龙钟、风烛残年了，刘伯温没有葬身在功臣楼的火

海之中，没有被名目繁多的酷刑折磨，倒也是幸运的。民间传说刘伯温不是朱重八亲手害死的，而是被胡惟庸毒死的，也算是半个事实，尽管他不是身首异处，没有血迹斑斑的惨相，但我在游览石门洞时想起，多少也有些许的寒意。

我想，或许在石门洞中说到这个沉重的话题是有点扫兴，但是历史就是这样明摆着，无法抹去。至少在写文章时，不至于老腔老调，多少能翻出新鲜感来。

漂泊北京时，我在一本旧书上读到建造北京城的传说，说是刘伯温让徐达射箭圈定北京城的范围的，在北京城中，忽而想到刘伯温的青田，石门洞的景象又在记忆中清晰起来。当我偶然在一个旧书摊里，同时淘到破残的、落满灰土的刘伯温的《郁离子》和吴晗写的《朱元璋传》时，石门洞的景象又逐渐立体起来。我也与刘伯温一样，从千里之外的浙江，山清水秀的江南，来到这皇城根下，去沾染富丽浮华的尊贵气息，与刘伯温所不同的是，我并没有为真命天子服务，我只是在中国的帝王之都做一个自由的思想和文化的漂泊者。我和刘伯温的感觉相同又有些儿不同。

我的家乡也有深邃的洞府，那里也是道家的洞天福地，石门洞也是。刘伯温是充满神话色彩的人，我记得80年代在《山海经》杂志里看到青田文友搜集的一组《刘伯温的故事》，充满玄秘的味道。在浙江的每一个农村或者城镇，刘伯温的名字如雷贯耳，就像南海观音、济公活佛、寒山子那么深入百姓的心灵深处。有人说他未卜先知近乎神明，他的《烧饼歌》和唐代袁天罡的《推背图》、法国诺查丹玛斯的《诸世纪》一样，算是"预测文学"的典范之作，但我忽然觉得，预测别人是容易的，但预测自己就

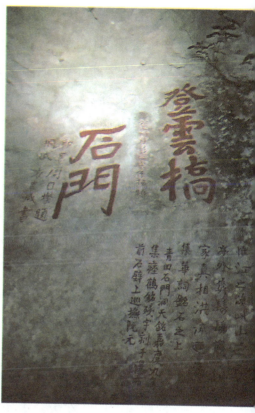

◎ 李青葆先生咏石门洞诗歌书法刻石　　◎ 石门洞刻石

老是出偏差，那是因为，自己的性格和命运是难以预测的！或能套用一句老话：人在江湖，身不由己。这样一说，我觉得，刘伯温应该生来就是离家的结满忧郁的游子的苦命，承受着心灵人生甚至社会和历史的苦痛。用一句很时髦的哲学家的话来说，自然的客观规律不是以人的意志为转移的，那么，刘伯温的命运中不可转移的，到底是自然规律还是人的意志？

　　这样一想，我和刘伯温一样就不可避免地落入了一个被人设定的怪圈中，无法突围，在某个让人心情平静的时分，我一个人捧着《郁离子》，沿着当年走过的那条路线，再度神游了石门洞。

　　2000 年夏天，我参加《浙江文化报》举办的一次笔会，认识了青田的作家李青葆先生，他当时就邀请我游览他们家乡的名景石门洞，据说刘伯温曾在那里读书，他的影响不亚于天台的济公。我很高兴，文联工作的交流很多，李青葆便和我与钱国丹先生一起"假公济私"，完成了一次真正的历史文化之旅。

　　我之所以选择在夏秋之交拜访刘伯温的石门洞，是因为这个季节的风景更加宜人，气韵高爽。沿着瓯江的右岸前进，车子就像逆瓯江溯流而上的小舟，自有两岸青山排闼来的雅致，树木青苍，翠峰连绵，江流清越，乡野的确让人平静、放达，消除了一切的尘念。忽然，青葆先生指着江对岸门列如牖的山崖说，那就是石门洞了。远离人烟，只有树木静寂，翠岩耸立，流水汤汤。满山的鸟鸣啁啾，满谷的芳草茵茵，倒是修身养性的好去处。

　　刘伯温的智慧，得益于山水之间，这是他独特的福分啊。像这样的古洞，在天台老家也有，比如，唐朝诗僧寒山子隐居的寒岩明岩，智者大师隐居的如来古洞，岩前也是清澈的流水，有天然的岩石卓立如门。进入门来，别有天地。只是朝向不同，情调却是相近的。苍凉古洞住高人，合乎自然。

　　石门洞的风景，确实有点桃花源的味道。乘船直到对岸，从门立的崖石的缝隙中进去，是一个很大的石坊。石坊上有一副对联，倒是很值得玩味——。"似洞非洞适成仙洞，有门无门是为佛门"，倒有一种类似于《金刚经》的味道。过了牌坊，沿石级下了一个小坡，小径平坦弯曲，两旁峭壁参差，林荫秀美，溪流清越，叮咚如琴。路旁芳草丛生，点缀着长满庄稼的地垄，一股股山风吹拂，好不清凉，这确实是坐卧冥想的胜地。

在刘伯温之前，就有许多文人雅士亲临这里，流连忘返。永嘉太守谢灵运本是中国山水诗的鼻祖，他在绍兴永嘉一线率人伐木开道，首先发现了这里的山水佳美，在洞旁通往刘基祠的一群陡峭的石级，就是谢灵运走过的"青云梯"，谢灵运游览山川时，穿上装有前后齿的鞋子，上坡去前齿下坡去后齿，因此步步扎实，这鞋子就命名为谢公屐了。谢灵运把石门洞冠以"东南第一胜景"名号，颇有名人广告效应。尽管这里地处偏僻，但自此以后，到这里观光览胜的人络绎不绝。著名的就有唐代的李白，宋代的王安石和沈括，陆游和王十朋，不过，名头更为响亮的还是刘伯温，这里是他读书修习的地方，他的代表作《郁离子》就是在这里写的。现在伴我神游的就是这本《郁离子》。

据说"郁离"有"文明"的意思，那么"子"呢？照这样说，郁离子就是文明人吗？总觉得别扭，我自作聪明贻笑大方地想，"郁离子"就是"忧郁地离开家乡的游子"，虽然牵强，想想也特有道理。刘伯温曾是元代的进士，任江西高安县丞、江浙府学副提举等职，他的学生、杭州府学教谕徐一夔这样说："当是时，其君不以天下系念虑，官不择人，倒以常格处之，喋不能有为"，"公慨然有澄清之志……累建大议，皆匡时之长策，而当国者……抑而不行"，人才还是难得其用，因此，刘伯温愤然辞官回到了青田，在这个狭窄的石门洞暂寄身心。文人以国为家，以君为主，国君不清明，就没有了家国的感觉，报国无门，心怀满腔的忧郁，石门洞苦读诗书的刘基，感到非常失望。石门洞畔的鹤溪尽管清越，但还是没有给予刘伯温如林和靖那种梅妻鹤子的雅致，他要将自己的忧郁写成一本书。青田山居中绝对不再有"潇洒好山房"的闲情，似乎还洋溢着更多的郁闷和忧愤，因此，郁

离子三个字也自然而然地如山涧竹石那样矗立了起来。

石门洞的景致，高可眺，清可濯，邃可隐，幽可适，芳可采，奇可咏。但刘伯温一点也没有这样的情致。他在这里读书，但他不是一个隐居者，他既不是一只飞累了蜷伏在此的老鹰，但他还是想要找到他的家。

石门洞其实就是一个很小的马蹄形的山谷，尽头是一挂声势浩大的瀑布，从几十米的高崖飞腾而下，瀑布朝向西北，下面就是一口面积很大的深潭，瀑布右侧的崖壁的台地上所建造的刘基祠是不是他的居所呢？谁也无法判定。沿青云梯直上，两面的石头方方正正，据说就是刘伯温藏书的天然的柜子，刘伯温读的是天书，是瀑布西侧的崖洞间居住的白猿送给他的；他把书往石头上一按，白猿就把它放了进去，自然不需要什么锁钥；刘伯温从石柜子中取出书，躺在瀑布下面岩洞的一块石头上阅读，感到累

◎ 文成县刘伯温故里

了，就闭目养神，倾听轰响的水声，看鸟儿、蝶儿在山谷中飞旋
蹁跹，想的东西莫名其妙，写的文字也让人费解。他有兴致时，
就去几十步外的灵佑寺，与方丈品茶谈禅，或许这应该是得到快
慰的了。但是，他并不觉得，他的心没有安定，他依然心存高
远，心存别处。青田本是鹤家乡，但刘伯温并不是闲云野鹤。这
个忧郁的离家之子，还是选择出走，去他无法预知的地方。

此刻我借着石门洞的天光云影和水声，倾听来自刘伯温心灵
最真实的声音。《郁离子》一共有18章，有190多篇，都是短小
精悍的小品文，长的只有300字左右，短的也仅50字左右，但
颇能钊砭时弊，警励流俗。《千里马》，是不是形容他自己呢——
郁离子得到一匹小骡子，听了人家的建议，把它献给了皇帝，皇
帝让太仆寺的人鉴定，回复竟是：它确实为一匹好马，但不是河
北北方出产的，还是放在次等的马房中了。工之侨是个制琴的好
手，他用一根上好的桐木做了一张琴，音质也美妙绝伦，然后送
到太常礼仪院里去，但结果呢？琴不够古老，退了回来。工之侨
把琴用漆漆了一下，弄出一些裂纹，再刻上一些古文字，装在匣
子里，埋在泥土下，过了一年再拿去，送到礼仪院，结果却是
"稀世珍品"！难道一个人就像一张琴徒在外表，不在于实质
吗？工之侨看破红尘，隐遁而去。楚国太子用梧桐果养枭，让它
叫出凤凰的叫声，楚申君说，你即使用梧桐果来喂养它，它也不
会发出凤凰的叫声的。既然如此，那些大臣食客没有做出什么，
无非是鸡鸣狗盗之徒，你为什么还养活他们？楚申君不听规劝，
最后被一个叫作李园的食客害死了。芮伯得到一匹好马想献给周
厉王，他的弟弟说，还不如放弃吧，国王的愿望是无法满足的，
你把马献上去，他们肯定觉得你还有很多好马，国王的近臣肯定

也想要，你不给，他们肯定要说你的坏话，芮伯不以为然，把马送上去，果然遭到近臣的诬陷，被流放了。四川的三个商人，第一个专进上等的药材，按进来标价，有点小利就足够；第二个不分好坏都收购，对方要高价的就给高价的，要低价的就给低价的；第三个专门进劣等的药材，把价格压得最低，客户要多少就给多少，斤两上一点也不计较。结果是，第一个商人门可罗雀，第三个商人生意兴隆，郁离子比较说，官场上不也是这样吗？三个县官，一个清正廉洁，上司不喜欢，离职了，连回家的钱都没有，还落得人家的一阵讥笑，说他是个大痴；另一个能捞则捞，大家说他能审时度势，聪明；还有一个见钱眼开，伸手就抓，然后用它来巴结上司奖励下属，于是上下讨好，升官晋爵，这是不是怪事一桩呢？一个人养了一群猴子，每天驱使它们上山摘果子，再让每个猴子必须贡献十分之一，要是不交的话，他就把它们抽打得皮开肉绽。猴子觉悟了，跑得四散，那个人就被活活地饿死了。刘伯温写的是历史故事和动植物之事，极尽托讽和影射之能事，每个故事都蕴含着自己的智慧，揭示人性的深层含义，应该说是很透彻的。但是，他为什么还是渴望辅佐帝王呢，他知道不知道伴君如伴虎，高处不胜寒呢？

　　刘伯温把这一切似乎看得很透彻，但他还是超脱不了自己，他还是要离开家。当朱元璋派人宴请他的时候，他将所有的忧虑都忘却得无影无踪了。这石门的瀑布就是他的影子，雷霆万钧，轰天震地，但到崖底下，换了一个环境，就变成了细细的一缕溪流，没有半点声音，没有半点波澜，是它内涵深邃了吗？没有！对这点，我们无法评判。人是实际的，就像水往低处流、人往高处走一样；也像蜜蜂一样，没有找到蜜源之前，嗡嗡嗡地叫个不停，看到一朵散发着香味的花儿，就把整个身子都钻了进去，半点声音都没有了。我们也一样，有些目的达不到，就大张旗鼓地叫喊着，发泄着不满情绪，当我们达到要求，取得一定成功时，就眉开眼笑，脸如桃花，扬扬得意了。这仅仅是文人的一种通病吗？刘伯温的目的在辅佐朱元璋时没有得到满足，他知道自己是朱元璋的一个微不足道的马前卒，甚至当遭到宵小之徒的陷害和主子的猜疑时，他的希望破灭了，就如一盏风中的油灯，在摇晃了几下灯焰后，就倏地熄灭了，消弭了黯淡的光影，连半缕烟也冒不出。

据说，刘伯温离开朱元璋，就是因为他太刚直了。他上疏力谏皇帝斩掉犯下贪污罪的中书省部事李彬，遭到丞相李善长的阻止，李善长在朱元璋面前极力贬低刘伯温，终于让朱元璋对刘伯温心存芥蒂。刘伯温遭到了冷遇，今不如昔，当然感到失落，何

◎ 刘伯温像

况，他的头上正高挂着一把明晃晃的宝剑。他心寒了，因此找了一个借口急流勇退，但是，他没有做彻底。重回故里的他虽然闭门谢客，但还是惦记着朝廷，派自己的儿子刘琏，就谈祥的盐枭之事上疏朱元璋，要求在当地设立巡检司。然而朱元璋却被胡惟庸的谗言迷惑，什么谈祥之地"皇气"十足，刘伯温的目的就是要把坟墓葬在那里，篡夺江山，就是这样的一个玄虚得不是理由的理由，刘伯温的俸禄一下子就被撸得干干净净了。刘伯温慌了手脚，就自己亲自到京城请罪，忧郁成疾，当时胡惟庸就派人给他送药，但是服药后不久，他发现胸中出现了硬块，他感到自己遭到了暗算，命不久长。于是他就急忙赶程，匆忙回到青田，那瑞鹤翔舞的家乡。

刘伯温很快地命归黄泉了。这是青田人的遗憾，也是中国人的遗憾。走马灯一样的英雄辈出的皇家朝廷，也成为一个特殊的舞台。胡惟庸和李善长以为轻易搬掉了政治角逐道路上的绊脚石，但他们的窃喜并没有延续多长的时间，洪武十三年，他们的相权与皇上发生了严重的冲突，终于身首异处，因胡惟庸和蓝玉两案牵连而

◎ 石门洞远眺

命送黄泉的就有 4 万人。至此，朱元璋的严酷统治还仅仅开了个头，明朝的戏刚刚敲打起开场锣鼓。

石门洞中的刘伯温不是自由飞舞的仙鹤，他只是人家胯下的一只疲于奔命的老马、憔悴的老马，其忧郁的眼神，就如石门洞和石门瀑布下的深潭那样深不可测。他是石门洞下一个结满忧郁的离家了的孤独游子，他并不与人们想象中的逍遥自在的神仙一样。

石门洞依然沉静着，像一个舞台，演绎着所有的历史、所有的文化、所有的人生，无论是谢灵运、李白，还是刘伯温，甚至写下"凉意喜催诗"的郭沫若，都变成了一个演员，都变成了一样的匆匆过客，他们留下或深或浅的脚印或飘飘忽忽的身影，被岁月的风沙雨雪悄悄地抹去。而我呢，只是另一个"郁离子"，但我连上演的资格都没有。

对着眼前的风景，想到这里，忽然打了一个激灵，我对李青葆说，石门洞中的郁离子倒是一个绝妙的电视连续剧，你写一个吧，保证有百分之八十的收视率，比所有的帝王戏都强。

　　此文为浙江青田县文联中国作家协会创作基地特约稿，发表于《芝田文学》杂志。

西湖歌行

　　北京的一切景物，随着一声汽笛离开了我的视线，故都的喧嚣随着哐当哐当的车轮叩击铁轨的声音远离了我的耳根，我开始一路歌行，奔向杭州，相信西湖的山水能给我一些清净与自在。在越剧音乐中，我睡了美美的一觉，醒来时太阳给了我满眼的浓绿。杭州到了。街道上绿树亭亭如盖，与北京的光头棒完全不同。

　　在旅店里休息片刻，我一个鲤鱼打挺，直奔西湖。西湖风景我从小在画片里看过，钱塘江大桥和六和塔反而挺立得更坚强了。这是杭州人智慧的体现。杭州人不会轻易糟践西湖，没有

◎ 西湖雨荷

西湖的明波碧浪和绿柳浓荫，人们怎么跳欢欣之舞，唱太平之歌呢？

十几年前，我送爱人上北京学文学，热恋之中的我们，在西湖岸边仿效了一次灞桥的折柳。可惜时光太匆忙，脚步太仓促，来不及细细地鉴赏品味，那西湖歌曲如风吹拂而过，激不起半点的回音，而朋友邀我在这里住一年半载，我完全可以反复行走细心聆听。西湖之美如西子，是江南山水风物孕育的一首民谣。有人开玩笑说锡壶就是西湖，猜想里面无论装的是酒还是茶，都有水的成分，但在温润中，别有浓酽的味道。在西湖边上，喝白水也好，平淡中可以轻轻地哼几句，喝酒了也可狂醉，高声地吼几句，都能放纵一下自己的心情，把西湖山水当成吉他一样的共鸣箱，也是自然不过的，毕竟歌是从心头出来的。不过，喝茶的时候，还是要身心清静的，可以听采茶少女的歌，绿汪汪的，也可以清心静心——一切都是自在心。

我边走边唱，感觉到每棵树都是一个音符，每个水波纹都是一个音符，我的每一步也都是音符。绿色的音符，在山间水岸自在地摇荡着。《唤一声西子踏青去》，是朋友华友国填的词。

唤一声西子踏青去　踏上青青的杨柳堤
又走进温馨的太阳雨　又拾起淡忘的诗句
踏过花港　踏过柳浪　踏出一串青青的往事
踏出一串青青的寻觅

在歌声中，我走向龙井。我曾专程走过狮峰，见过十八棵茶树，也曾到中国茶叶博物馆，细细地领略江南茶的清香。龙井

山上，少女在细细地采摘，龙井路旁，每户人家都设立了锅灶，现场炒制着新茶品。茶香飘逸升起如歌的旋律。在龙井沉醉盘桓半天，我赶到梅家坞，天色已经暗下来了，我仅作短短的片刻停留。这次重来，我首选梅家坞，除向老师傅问茶外，我还得细听土产的原汁原味的茶歌。

从地图上看，去梅家坞要经过三天竺，再穿过一个隧道。梅家坞牌坊边上是一个茶园，天地豁然开朗，自然的绿色感觉就是不一样。在梅家坞问茶的我，就如桃源问津的渔夫一样，进入迷

◎梅坞问茶

津，仙境到了。两旁茶园绵延了一两公里。茶园坐落于山坡上，周围都是高大树，土地丰腴，水汽充足，海拔不高，所出产的茶叶与天台高山华顶云雾是完全不同的。但西湖龙井茶名声显赫，大概是乾隆皇帝封赐的缘故吧，谁不知它的茶种是谢灵运从天台山带去的呢？

梅家坞是一个小村，黑色的瓦片，衬托着白色的墙，错落有致。村舍沿着山谷狭长形分布，公路穿村而过，通向云栖。两边的山坡上，同样是碧绿

的茶园。茶畦一道一道，自下而上，沿着山坡叠加，如同素描的笔触。一本茶书上说它叫翡翠山，山下叫翡翠谷，山崖叫作翡翠崖，山坡叫翡翠坡。茶绿宛如翡翠。我想这里的茶歌也该翠绿可人吧。

一路行来，不知不觉唱起了越剧《何文秀》的唱段。走啊，路遇大姐得音讯，九里桑园访兰英。行过三里桃花渡，走过六里杏花村。七宝凉亭来穿过，九里桑园面前呈。在这里，桑园改成茶园，是最合适不过的。这越剧的曲调速度适中，如歌行板。风轻轻地吹，带来绿色茶香，与去年龙井所看到的没有两样。村口竹簟上晾着刚采来的茶叶，还放着刚米摘到的茶的背篓，尽管随意，但是最自然不过的活广告了，现炒现卖。每户的门口设灶架锅，用的是电炒锅，炒茶的声音唰唰地响，被烤热的茶香扑鼻而来。我独自一人走上山坡，风从茶叶缝隙中吹来，吹得茶叶沙沙作响。一群采茶的少女背着竹篓上山来，带着甜美的笑容，身穿蓝印花布衣裳，举止轻盈，山风中带来声声的茶歌。

我随手带着一本浙江民歌集，是 1956 年浙江群众艺术馆编辑，东海文艺出版社出版的。书中收录了浙江许多地方的采茶调，有采茶灯、花采茶、倒采茶、顺采茶、揉茶调、盘茶调、贩茶调，因年代久远，这些茶歌早已湮没，仅留在这本泛黄残破的曲谱上。音乐家周大风把茶歌小调加上越剧的曲律，填上歌词创作成《采茶舞曲》，既可伴舞，又可以伴行。《桑园访妻》立即转到《采茶舞曲》，内心与脚步一起翩翩起舞了。

溪水清清溪水长　溪水两岸好呀么好风光
哥哥呀上畈下畈勤插秧　妹妹呀东山西山采茶忙

　　《采茶舞曲》除了茶歌曲风还有滩簧曲调，后面纯粹是越剧旋律。周大风自己也喜欢采茶，创作的《采茶舞曲》在越剧《雨前曲》中用了五次，后来去北京演出，周恩来接见了他，说到一句词"插秧插到天大光，采茶采到月儿上"，一是不劳逸结合，二是采茶采到月儿上茶叶不好吃的。周恩来把这两句词改了，插秧插得喜洋洋，采茶采得心花放，立即点石成金。周恩来经常与茶姑娘一起采茶，跟她们学采茶歌、跳采茶舞，《采茶舞曲》传到了国外，收录到联合国教科文组织编写的音乐教材中，闻名遐迩。采茶舞曲不是情歌，是歌唱西湖边上茶人的劳动的，曲调轻快，旋律和美，可说是劳作中的天籁，与天籁中的劳作两全其美。

灵隐寺

　　传说是谢灵运把天台的茶种带到了杭州，种植在灵隐寺的飞来峰理公岩到青（香）林洞一带。宋代这里出产"天台白乳茶"，是天台国清寺的处谦和尚送给苏东坡的，苏东坡吟唱道："天台乳花世不见，玉川风腋今安有。先生有意续茶经，会使老谦名不朽。"苏东坡唱的是茶歌，而辩才唱的是梵呗，且带着茶叶的清香味道。梦谢亭几经兴废，灵隐飞来峰理公岩有其旧址。飞来峰绝壁洞府幽深，与天台济颠关系密切，济公来自天台山赫溪岸边李家洋，俗名叫作李修元，灵隐寺的飞来峰本是灵鹫山一角，他到处乱飞，只有济公晓得，济颠对大众明说了，但大众把他当成疯癫话，不理不睬。刚好娶媳妇，他背着媳妇就跑，大声地唱着歌，大家赶紧就追，刚一跑出村庄，山峰就轰地把村庄砸没了影。济颠叫人赶紧在山上凿开洞穴，雕刻许多佛菩萨，把飞来峰镇住了。

　　有人说，峰在何处飞来，是从飞处飞来。看起来是学济颠打哑谜，唱禅歌。真正的禅歌，一般人是听不懂的，以为是瞎诳，乱弹琴，老走调，嗤之以鼻，济颠唱着歪歌，老是在正儿八经的梵呗中加不和谐音，他在灵隐寺的歌唱不下去。在灵隐寺许多和尚都排挤他，幸好方丈师父瞎堂撑着，佛门广大，岂容不下一个颠僧？瞎堂方丈一圆寂，济颠就癫不下去了，被同禅们拒之门外。济颠只好在飞来峰洞里，用手在岩石上挖出一个可以睡觉的地方，那里有一张济颠床，没了躺着的济颠影子，靠床壁的是罗汉金刚菩萨和不知名的小佛。

　　济公喝酒醉唱，显然是行歌的醉菩提，他走过翠绿的茶园，随手摘几片茶叶咀嚼着解酒，这位天台老乡，一路唱着，癫摇着，与我犯着同样的错误，踢着同样的脚步。在灵隐行走，我发

觉，济颠唱的绝对不是《采茶舞曲》和《桑园访妻》。

> 鞋儿破　帽儿破　身上的袈裟破
> 你笑我　他笑我　一把扇儿破
>
> 一半脸儿哭　一半脸儿笑　是哭是笑只有我知道
> 一半脸儿阴　一半脸儿阳　阴阳两全好啊好相貌

　　这种在电视机里的歌，与济颠本来的歌完全不同。我与济公走着同样的路，济颠癫我是痴。济公说此地不留我，自有留我处。我说，只要是个好灯泡，不管装在哪里都会亮。天气太热，我张大嘴巴，喘不过气，我干脆敞开胸襟，露出宽大胸膛和肚皮，比瘦得像芦柴棒一样的济颠，心宽体胖多了。

　　净慈寺在西湖南岸。济公打了个铺盖卷，歪在山门外的石狮子上睡觉，靠着石经幢眯眼唱歌。济公看见红衣姑娘，说她是火神祸神，遭到师父呵斥，济公说，你要事（寺）还不要事（寺），师父回答，当然不要寺（事）了，济公唱着好好好了了了，寺庙着火遭祸，师父让他帮助化缘，他空手荡荡晃了回来，唱着说，你到水井去拿，破扇子一摇，水井里冒出一根木头，大家手忙脚乱地搬木头，济公说够了吗？师父说够了，那根木头就不上不下卡在水井里。我去过那个水井。上面还盖着亭子。济公在净慈寺喝着酒唱着歌度过了余生。

> 何须林景胜潇湘，只愿西湖化为酒。
> 和身卧倒西湖边，一浪来时吞一口。

几度西湖独上船，篙师识我不论钱。
一声啼鸟破幽寂，正是山横落照边。

记得面门当一箭，至今犹自骨皮寒。
只因面目无人识，又到天台走一番。

　　济公一直在吃，一直在走，一直在唱，到了临死还在唱。六十年来狼藉，东壁打到西壁，如今收拾归来，依旧水连天碧。济公的死叫作圆寂，他在虎跑寺坐化的。净慈寺过去，就是虎跑寺。虎跑泉是老虎用脚爪挖出来的泉眼，应当叫虎刨泉。济公思想比较开放，不拘泥于戒律。同济公不一样的弘一大师，他俗名李叔同，这李是不是济公的李，不得而知。大概是同一个法脉。济公吃肉喝酒醉唱，弘一粗菜淡饭清唱。李叔同不但自己唱，还教别人唱。李叔同与济公一样出生于大户人家，日子相当好过，但在西湖边因马一浮的一句话，就走进虎跑寺里，把父母、妻子、孩子，所有的一切都扔掉了，我批评李叔同不负责任怎

◎ 虎跑寺济公

111

么啦！他遁入空门了，再也不出来，自己爽快清净了，不知道老婆孩子痛苦呢。他在福建去世了，去世之前流了泪，"悲欣交集"，自己月圆了，他的妻子孩子是否月圆，在心头留下永远的残缺？

> 长亭外，古道边，芳草碧连天
> 晚风拂柳笛声残，夕阳山外山

虎跑寺有李修元济公和李叔同弘一的墓塔，李叔同的塔是衣冠冢，济公的是真身塔。两个姓李的同宗，相会在同一个寺里。李叔同圆寂的侧卧是吉祥卧，李修元的圆寂是歪靠斜躺，天涯海角觅知音，咱们俩是一条心了，李叔同敲打着鼓，济公敲打着钟。

净慈寺在西湖南侧南屏山慧日峰下，是西湖四大古刹之一。净慈寺在五代时就有，吴越王建造的。晚霞满天，钟声响起，南屏晚钟，西湖十景之一，晚钟是寺院的礼器，是号令，起床睡觉，要按照钟鼓来，有晨钟，也有晚钟，或者半夜钟，也称为警世钟。钟声能消除一百零八种烦恼，算破钟，晨钟。钟作为伴奏乐器，与鼓一样能够打节奏。

我这个西湖的歌行，没有听众，没有同伴，我只能唱歌给山水听。我权把歌声当成山谷中空洞的钟声。对钟声来说，一切实相都无谓，钟声僧人会听，最好，不听也没关系，反正是空的，何况一些禅和子撞无心的钟，把撞钟当任务，做一日和尚撞一日的钟，钟声杂乱无章、无精神了。钟是神圣的。北京一些寺院的钟很实际，很现实，没有庄严空无的境界，钟声充满着欲望，说是祈福钟。祈祷，是求，是满足欲望，敲三下十块钱，敲一下钟，孩子就能考上大学，敲两下钟企业家恭喜发财，敲三下钟，公司白领连升三级，我听了几次钟，仿佛钟声里有许多挣扎的精灵在喊，空空空空，钟里是空的，钟声当然是空的，响着声音是无用用用，落空空空。想起天竺寺的一句话，不向外求，我感悟到了，要向心内求，一切靠自己。佛说，心即是佛，心即是魔，一切唯心造。心定茅屋稳，心安草根香。一个人连自己的心都把不住，还当当当地敲什么无用的钟！

　　人的心，就像一口钟，悬在心头上，心咚咚咚地跳吗？就像钟当当当地敲，敲个不停，震动太多，也会震裂，一旦当当当的声音停止了，生命也就告终了。我干脆把山林空谷当成一个人的胸膛。我走入空谷，走进西湖山水，就走进大地的胸腔里。流水音，风声，以及高音喇叭叫卖声，都化成咚咚咚的心跳。咚——嗡嗡地回响，有韵律的，如歌一般，记得西湖的北高峰，在山顶上看夕阳西下，有钟声在脚下响起，许多蝴蝶在起舞。低头一看脚下的是如来寺，比净慈寺还要早，晋代建造的。我在钟声中沿石阶步步而下，就像一股气沉入丹田。空谷的灯朦胧，映照着如钟声一般袅袅升腾的香烟，使我想起，屋外的千年寺庙也是滚滚的红尘，只不过存在的形式不同罢了。夕阳晚钟里，我无法做高僧，我无法做济公，还是做一个平常的人，我要吃饭，我要穿衣，我要当房奴，我要打工，我要人民币，我要爱情。

　　从山顶走下，走到城里，走入红尘，而今在净慈寺前像济公一样地坐卧，不知不觉地想，天色暗了下来。我忘了看雷峰夕照。雷峰夕照没有歌，想起那天如来寺听钟的光景，如来寺后面削立的山壁，如一座屏风，钟声在崖壁上撞，回来，撞，回来，

就像水的波纹，空，空空空空的，有空气有树木有人，终究是空的，空，有，有空，空无，无空，钟声空空空空地响着，一阵子急一阵子缓，伴着鼓的声音。

在寺院里，钟是佛法的，就像法院的法槌，是不能乱敲的。法院的槌是法官敲的，梵钟是僧人敲的。我们不能越俎代庖。否则，就成了乱敲钟也。南屏晚钟的钟声，与北京寺院不同，南屏晚钟敲给湖水听，敲给山林听，也敲给杭州老皇城的根百姓听。在这里，西湖成为仰口朝天的钟，里面的水，如气一样升腾，懂，嗡嗡嗡嗡。空，嗡嗡嗡嗡。

我匆匆地走入森林中，森林它一丛丛，
我找不到他的行踪，只看到那树摇风。
我匆匆地走入森林中，森林它一丛丛。
我看不到他的行踪，只听到那南屏钟。
南屏晚钟，随风飘送，它好像是敲呀敲在我心坎中，
南屏晚钟，随风飘送，它好像是催呀催醒我相思梦。
它催醒了我的相思梦，相思有什么用？
我走出了丛丛森林，又看到了夕阳红。

《南屏晚钟》，它总使我想起，钟声就是飘落如蝶的音符。《南屏晚钟》这首歌的作者叫作陈蝶衣。陈蝶衣是上海人，曾经创办了一本民国名刊《万象》，发现了一大批作家。后来他又创作了许多歌曲，如《桃花江》《蔷薇处处开》《诉衷情》《春风吻上了我的脸》《情人的眼泪》等。许多歌手，如周璇、邓丽君、高胜美、龙飘飘、王菲等人都唱过。陈蝶衣有三千多首歌传世，

◎ 南屏晚钟

有点像写《望海潮》的柳永。柳永在花街柳巷的歌唱，招来完颜亮的狼眼，因此想进逼江南立马吴山。柳永自然犯了政治问题。大概陈蝶衣知道以前写的歌可能会让自己把牢底坐穿，于是，他干脆抛家别子溜到了香港，否则一首《桃花江》就会要他的命。陈蝶衣的儿子叫作陈燮阳，是个音乐指挥家，二十七年后才同陈蝶衣联系上。陈蝶衣活了九十九岁，他去世的时候没有任何痛苦，与百岁生日相差了三天。在《南屏晚钟》中，他寄托了自己的乡情。对我来说，北京杭州都是驿站，我是匆匆的过客，在这里停留短短的一瞬。在嗡嗡的钟声中，我离家乡近了，离佛国仙山近了。我会轻轻地作别你，不带走一片云彩，只带走一缕晚钟。

雷峰夕照因雷峰塔得名，雷峰塔应该是宋朝的旧物，与白蛇传说有关。白蛇传说带着南宋时期的印记，白蛇叫白素贞，是东方韵味十足的名字，她和小青一样是四川峨眉山得道的小蛇，因为慕西湖风景好，才到了这里，在断桥下遇到了最高最矮的许仙，于是湖上风雨大作，两位凌波仙子的白蛇女子向药店倌许仙借伞，要求同船过渡。他们登上了船，于是艄公的歌声在湖上悠悠地唱起来。

百年修得同船渡，千年修得共枕眠。

我在金华婺剧团的一位朋友，曾用婺剧曲调来唱这首歌，在中央电视台播出，电视台不把它当戏曲而是当民歌。其实婺剧的《断桥》和越剧的《断桥》同样精彩。雷峰塔脚下隔水相望的，是市民的歌唱乐园，他们带着二胡、笛子、月琴、扬琴或者电脑音响，用三轮车载到这里，简易布线，通电，就开始引吭高歌，一时间丝弦大作，唱流行歌曲，唱越剧京剧，音符如水鸟灯火一般，落在湖面上。

白蛇和许仙组建了自己的幸福的家庭，可是被金山寺里的法海和尚搅黄了。法海是个封建卫道士，是个执法者。人怎么和蛇结婚，天地不就颠倒了吗？大逆不道，违背法律，罪不容赦。于是他让白素贞现原形，不料许仙与它的感情更坚固，法海把许仙诳到金山寺，把他关了禁闭，白素贞从西湖跑到江苏金山寺，发起一场水斗，但还是铩羽而归。许仙趁乱跑回杭州，就这断桥两个人开始吐露衷肠。星月倒映在水面上，随着波浪推过来推过去。

> 西湖山水还依旧，憔悴难对满眼秋。
> 山边枫叶红似染，不堪回首忆旧游。
> 想那时，三月西湖春如绣，与许郎，花前月下结鸾俦。
> 实指望，夫妻恩爱同偕老。又谁知，风雨折花春
> 难留……

> 为妻是，千年白蛇峨眉修，羡红尘，远离洞府下山走
> 初相见，风雨同舟感情深，托终身，西湖花独结鸾俦
> 以为是，夫唱妇随共百年，却不料，孽海风波情难酬

拿着麦克风的白素贞已经年过半百，徐娘半老风韵犹存。她穿着花格子衣服，人和嗓音一样有些苍老，但音准韵味甚佳，声泪俱下，动情传神，赢得观众连连鼓掌，连灯火也频频闪动了起来。音响声音一波一波的，就像湖水一样推过来推过去。

断桥是一座爱情的桥，两端原来有石阶，桥顶上有一个门

楼似的建筑，从一端望去，桥好像断了一般，桥一端是苏小小的墓，苏小小歌唱道："妾乘油壁车，郎骑青骢马。"西陵松柏下，美则美矣，没有白蛇那样壮怀激烈。苏小小是犯了相思的女子，有些凄凄惨惨。白蛇是女子中的汉子，是刚柔并济的。水斗尽管失败了，但断桥的歌还是过瘾的。

　　断桥对面，有一个音乐喷泉，隔一两个小时表演一次，播放电视剧《新白娘子传奇》中的主题歌。

　　　　千年等一回等一回啊，千年等一回，我无悔啊
　　　　是谁在耳边，说爱我永不变。只为这一句啊，断肠
　　也无怨
　　　　雨心碎，风流泪哎，梦缠绵，情悠远哎

○万松书院

西湖的水，我的泪，我情愿和你化作一团火焰，

啊……啊……啊

　　这歌声，在"索拉哆来哆索拉，咪来咪来哆索拉"中反反复复，就像西湖的水，一个波荡过来，荡过去，交织缠绵着，浓浓郁郁，风从湖面上掠过，就如一把颤抖的弓在擦胡琴和小提琴的弦。也像红袖添香的手，在悄悄地抹去满眼的泪。"西湖的水，我的泪，我情愿和你化作一团火焰，啊——"，咪来哆索拉，反反复复之后，喷泉轰地一声冲天而起，在七彩的灯光下，西湖的水我的泪，真的化成一团火焰。我想，白蛇的愿望成真了，她和许仙在湖底或者天上看着我们呢。西湖的水，真的是泪汪汪的眼睛，比什么明珠好多了。

　　身边的那位唱越剧的女子唱完了《断桥》，然后唱《梁山伯与祝英台》。"梁祝"是中国四大民间传说之一，西湖占了两个，而且还是实景。那些唱戏的杭州人，骄傲自豪得不得了。梁山伯是浙江宁波鄞县人，祝英台是浙江绍兴上虞人，两个人隔了一座四明山。祝英台女扮男装到杭州上学，在路上遇到了呆头呆脑的书生梁山伯。两个人在同一间房子读书，也在同一间寝室里睡觉。笨到家的梁兄三年了也不知道祝英台是女裙钗。祝英台奉命回家前夕，托师母做媒，把信物玉扇坠交给了梁山伯，两人带着书童从万松书院出发，沿着西湖走，过了一山又一山，前面到了凤凰山，凤凰山上百花开，缺少芍药好牡丹，真正的行歌，祝英台用歌声撞开梁山伯的心扉，但梁兄依然木木的、憨憨的，似被之乎者也弄蒙了的书呆子，还是蒙在鼓里。当他猛然醒悟的时候，到祝家庄里访英台，恨不能插翅飞到她妆台。但一切都晚了。

出了城，过了关，但只见山上的樵夫把柴担

起早落夜多辛苦，打柴度日也艰难。

他为何人把柴担？你为哪个送下山？

他为妻儿把柴担，我为你贤弟送下山——

　　《梁祝》的结局是生不能与你夫妻配，死后也要与你同坟台，最后化成蝴蝶共舞。这比庄子化蝶美妙得多，至少还有个爱情，美妙得让人泪目。陈钢和何占豪根据越剧的音乐素材，改编了小提琴曲《梁祝》，经俞丽拿演奏后，一炮走红，影响遍及海外，我收藏的《梁祝》唱片，除了俞丽拿外，还有盛中国的，也有日本的西崎崇子的，理查德·克莱德曼的，萨克斯，钢琴的，小号的，葫芦丝的，应有尽有，《梁祝》乐曲成为爱情的经典了。

　　我走过断桥到了葛岭，这里是道士葛洪隐居的所在。其上有抱朴道院，葛洪井的遗迹，葛洪在杭州炼丹的地方，还有龙井。但同天台的华顶峰比起来，还是年轻，华顶峰是葛洪的爷爷葛玄（孝先）最早种植茶叶的地方。葛岭的脚下是岳王庙。我看到岳飞的像和"还我河山"的书法，忽然想起一首《满江红》，"怒发冲冠，凭栏处，潇潇雨歇。抬望眼，仰天长啸，壮怀激烈，三十功名尘与土，八千里路云和月"。但西湖边上没有人唱。岳飞最终牺牲在西湖边上，这是历史的悲剧，历史出忠臣，也出奸臣，南宋的奸臣，除了把岳飞害死的秦桧外，还有住在葛岭上的贾似道。

　　贾似道与济公一样，是我的天台老乡——天台西乡王里溪村，贾似道是"平章"宰相。他根红苗壮，父亲贾涉是忠臣，我不明白忠臣家里怎么能出一个奸臣来，贾似道在天台的时候，是个花花公子。好乐是自然的，小的时候很调皮，不好好做作业，老师命他头顶砚台罚站，他的叔叔名叫"雷"的过来，说，你能唱一首自己作的，我就放你自由。于是贾似道说唱道："乌龙受压难摆尾，幸好遇到易生雷，腾飞九万里。"先生听了"雷"的转述后，叹口气说，可惜啊，他说是个乌龙，是个贪官，如果是青龙就好了，那就是清官了。这是天台乡村野语。天台始丰溪两岸的断砖乱瓦中出蟋蟀，所以，贾似道和济公一样，也乐此不疲。济公斗蟋蟀把秦相府搞得鸡犬不宁，而贾似道斗蟋蟀把葛岭和西湖弄得乌烟瘴气。济公斗蟋蟀斗出了一部

◎ 西湖晚光

世界上著名的动画片，贾似道斗蟋蟀斗出了第一本斗蟋蟀的科学名著《促织经》。此刻，西湖的歌行体中，在钟鼓木鱼和越剧的笃板中，多了一些蟋蟀的鸣叫声。

天台县出人才啊，不但出贾似道，而且出了南宋的最后一个皇后谢太后，大概是天台邻近杭州西湖，近水楼台先得月的缘故吧。贾似道的姐姐是宋理宗的宠妃，因为这个裙带关系，花花公子就青云直上。《西湖游览志》载，葛岭是贾似道相府所在地。贾似道的相府叫作半闲堂。偶过竹院逢僧话，难得浮生半日闲。贾似道对佛家还是很喜欢的，天台山石梁飞瀑，就是贾似道的杰作。在西湖，贾似道是整天闲着的，玩得很出色，除了斗蟋蟀外，还玩书画，他将自己打造成为一个著名的收藏家。所写的书法别具一格，颇似后世的馆阁体。我忽然由馆阁体想到红梅阁，越剧的笃板和悠长的南屏晚钟远去了，留下的是京剧昆曲缓慢沉郁的旋律。

我一步一步走上葛岭，昔日的贾似道相府半闲堂早已成为空空如钟声的音符，呈现在眼前的是成为黄墙的抱朴道院，进了道院，发现一处红梅阁。它使我想起了歌女李慧娘和红梅阁的昆曲剧目。当年，贾似道总是乘着他的画舫，在西湖中晃荡，李慧娘与书生裴舜卿真心相爱，贾似道见李慧娘相貌美丽，就踢死李慧娘的父亲，将其抢进相府，李慧娘沦为歌女。一次在西湖船上，李慧娘与裴舜卿不期而遇，李慧娘不禁脱口说了一句："美哉少年。"贾似道恼羞成怒，一剑将李慧娘杀死，贾似道把李慧娘的头颅装在一个木匣子里，然后让众歌女打开，大家一声尖叫吓得魂飞魄散。贾似道将裴舜卿抓住，关在红梅阁准备杀了解气。第二天，李慧娘的冤魂飘到了阴间，在判官面前诉说她的冤屈，判官赠她一把阴阳宝扇，让她去红梅阁搭救裴生。在红梅阁，人鬼之间诉说爱慕之情，但天明之时，则阴阳相隔，只好作罢了，次日夜晚，裴生得知李慧娘是鬼魂后，吓得昏死过去，李慧娘用阴阳扇将其扇活，然后要裴生逃走。但裴生要以死殉情，李慧娘劝其以国家为重，为民锄奸。待裴生跑出后，李慧娘用阴阳扇点火，烧毁了罪恶的相府半闲堂。

我本是贫家女名唤李慧娘，流落在杭州城，原籍汴梁。

避战祸中途丧母异乡卖唱，被掳抢，

爹惨死，我坠入了阴风飒飒的半闲堂，

那一日游西湖隔亭相望，见相公铁骨赤胆气宇轩昂

慧娘我犹如黑夜见星光，我情不自禁赞你一声赞你

一声，美哉呀少年郎

红梅阁在抱朴道院不是起眼的建筑，其尊贵是不能与抱朴主殿和元辰殿、法堂阁楼相比的，现在红梅阁早已残破不堪，而且残缺门框，下面堆着木柴，附近就是游客光顾的酒楼和茶楼。原来，这就是南宋时期的皇家御园集芳园，是宋理宗赐给贾似道，后来贾似道专权误国，最后被郑虎臣杀死在福建漳州的木棉庵。这座御花园和红梅阁也就此败落了下来。

《红梅阁》最早是宁波人写的，到了1960年孟超又写了《李慧娘》的京剧剧本，在北京公开演出，得到了三家村的代表人物廖沫沙的高度评价，廖沫沙为此写了《有鬼无害论》，与《李慧娘》剧本一样，成为毒箭。据说旗手看到《李慧娘》的"美哉少年"一句时，恼羞成怒。后来《李慧娘》被拍成电影，孟超早就沦落

成泥了。

李慧娘唱的是昆曲，曲高和寡。如今昆曲已成为世界遗产了，看来西湖也要成为世界遗产了。

考究中国的戏曲史，在北宋时期的汴梁就已经形成了戏曲的雏形，宋室南迁中原的戏曲也就迁移到杭州一带。杭州以南到温州一带，是中国南戏的发祥地。浙江地方戏很多，绍剧、瓯剧、平调之类是民间草根的，称为乱弹。昆曲属于雅剧，为生活优裕的文人所喜爱。关于人与鬼、人与动物之恋的故事，有汤显祖的《牡丹亭》和洪昇的《长生殿》，柳梦梅、杜丽娘的游园惊梦与唐玄宗和杨贵妃七月七日游仙的故事，雅则雅矣，宛如梦幻，缥缈，似乎有些忸怩作态，不够刚烈潇洒，我总觉得思想含义上还不如《红梅阁》和《梁祝》《白蛇传》《追鱼》那么在温柔中有豪气的味道。

据考证，宋代的"紫禁城"就在吴山脚下，与净慈寺不远，北边则是清河坊，也是南宋繁华的都市，因为金兵入侵，才有岳飞抗金的故事，岳飞的墓在西湖的北边，与净慈寺遥遥相对，可以通过苏堤连接起来。苏东坡《水调歌头·明月几时有》，被邓丽君唱得缠绵和软，而岳飞的怒发冲冠，凭栏处，潇潇雨歇，抬望眼，仰天长啸，怀激烈的《满江红》也被人唱得过于缓慢，缺少豪爽阳刚之气。真有些不爽，岳飞的故事确实不爽。难怪民间说，看了《三国志》一肚子的计，看了《岳飞传》一肚子的气，所以，岳飞的电视剧很少有人去拍，岳飞的歌也很少有人去唱。曾经看见报纸上说，有个歌手对岳飞的《满江红》给予高度的评价，《满江红》写得好，请他过来给我写一首，稿费每个字100美元。可见这女歌手的艺术鉴赏力也值得我们佩服，

◎ 岳王庙

　　不过杭州人听了，还得请她来唱"印象·西湖"，补补历史文化的 ABC，再去美国拿个格莱美。

　　南宋时宫廷中有人演戏，称之为苍鹘参军，插科打诨，有点像现在的相声。岳珂的《桯史》中说，曾经有两个演参军戏的人，在酒席上旁敲侧击，弄得秦桧挂不住面子，下不了台。有一个人上场，说秦桧怎么好怎么好，另一位则搬着一把椅子，参军想坐椅子，不料落下头巾，露出了束发打着两个小结环的小头巾。搬椅子的问，这是什么环？回答说，双胜环（二圣还）。搬椅子的人像笃木鱼一样敲着对方的头说：你就晓得坐太师椅，就晓得领

银子和绢匹，把二圣扔到脑后去了。结果，这两个唱戏的人，犯了政治问题，像孟超一样因此丧命了。

有时觉得，当官的不如唱戏的有良心，因为唱戏的是从底层出来的，是草根阶层，知道百姓的疾苦。反观那些当官的，尽管是出身贫寒的，十年寒窗考取个功名，但就因为在官场上混，也被沾染失去了原来的本色。而歌女戏子，却依然能唱出属于自己的声音，《西湖游览志馀》中说，"杭人做吴歌，有诗人之相"。

月儿弯弯照九州，几家欢乐几家愁。

几家夫妇同罗帐，几家飘零在外头。

这是南宋杭州的坊间歌谣，在西湖边听来别有一番情味，可是那些岸边音乐角的人不会唱。

自葛岭下来，我沿西湖刚好走了一周。从梅家坞的茶歌，灵隐的济公，万松书院的梁祝，南屏的晚钟，还有断桥的白蛇，葛岭的红梅阁，在歌声中一路唱来，虽然自在，也感到沉痛。尤其是在西湖岸上，听当地的人唱越剧，唱西湖的故事，是最和谐的，如果唱京剧，味道就不一样了。唱须切情、切景、切时，三合一。另外，演唱的大多是杭州人，也与外地人唱的不一样。所以，到杭州，不去听歌是很可惜的。

葛岭下来，意兴未尽。一边走，一边听，一边欣赏西湖的景色，竟然又慢慢游荡到在西湖的湖滨路，已经是晚上十二点钟了。一个流浪歌手正唱得起劲。身边围了一大批像我一样的人，一曲终了，我在他的吉他匣子里放上纸币，然后问他："你会唱

《月子弯弯照九州》吗？"他说："不会。""《南屏晚钟》会唱吗？"
他摇摇头，说："没学。"他问我："你会唱吗？"我说："会"他说：
"你真的会"我说："我都会，除了《月子弯弯照九州》《南屏晚
钟》外，我还会唱一些儿歌。"

歌手年轻，24 岁，90 后，但唱的是 80 年代的老歌，我喜欢。
他喜欢齐秦、罗大佑。他说现在的歌不好听，没有音乐感，歌词
也差劲，他不想唱。他已经唱了三个小时了，声音有点哑了。他
的吉他弹得很好，疾徐起伏，颇有韵味，弹《北国之春》，有点
木村好夫的味道，他的样子像个中学生，但也有沧桑的味道。那
位歌手唱的是漂泊的歌。

    你是我最苦涩的等待，让我欢喜又害怕未来
    你最爱说你是一颗尘埃，偶尔会恶作剧地飘进我眼里
    宁愿我哭泣不让我爱你，你就真的像尘埃消失在
风里——
    寂寞难耐哦，寂寞难耐，爱情是最辛苦的等待，爱
情是最遥远的未来。时光不再，啊，时光不再，只有自
己为自己喝彩，只有自己为自己悲哀——

水里的沙，水里的寂寞，水里的往事记忆，水里的你我，就
像西湖的传奇，在岁月的光影里沉寂了下来。歌手唱的歌曲与水
有关，与水一样的女子有关，与水一样的爱情有关，与水一样的
爱情西湖有关。我不知道明天他还过不过来唱，我不知道明天他
还来不来原来的地方唱。

风吹过来，灯光如湖水一般闪烁，月在中天，依然明亮，湖

◎ 夕影如歌

水拍岸，如同击掌，行走流浪，在这西湖的岸边，在歌声里，我感到一种悠长的韵味。低头看西湖，水面落满音符一样的波光，宛然如泪。风依然擦着西湖水的弦，推过来，涌过去，掀起层层的心底波澜。

天圣安福

　　温州文成天圣山安福寺，巍峨恢宏，瑞相昭然，成为人们朝佛的圣地；安福怀老院现在已投入使用，有许多老人入住安养，安度晚年。"是家，是学院，也是道场"，怀老院闻名遐迩。

　　听到组织去那里修学的消息，三十余位义工慧心踊跃，乘坐快客大巴专车，一路向南歌行。车出天台，天就下起了蒙蒙细雨，心头滋润。始丰溪、临海城、永宁江，在眼前像电影长镜头一样拉过去，雁荡山绝壁在云雾上空缥缈着，如同仙山一般。太阳从云层中洒下一道七彩的光柱，如梦幻一般，落在波粼叠叠的江面上，宛如跃金。大家虔诚地念诵《阿弥陀经》。在梵唱中，车子轻盈地经过瓯江，水波粼粼，田畴绵绵，楼宇幢幢，山峦层层，我们好像在空中飞。在佛号中，经过文成县城，就开始上坡。天渐渐地暗下来，脚下灯火如星闪烁，天上星辰如灯火一般明亮，犹如佛陀菩萨充满慈悲的眼睛。

　　在星光闪耀下，我们行驶了一个多小时的山路，到了天圣山。安福寺和僧众都安睡在山谷中，而安福寺怀老院在山腰上，还要上坡。在路口，怀老院院长来接我们，他为我们引路。山路非常狭窄，大车慢慢挪移。不料路上有大石挡路，它是路里壁山

◎ 安福寺

崖上掉落下来的。车子过不去了，院长下来与义工一起把石头挪开。院长在帮助挪移石头的时候，站在路基的外缘，一脚踩空摔了下去，大家赶忙送他去医院。我们进了安福怀老院，被各自安排住下，但心里总是牵挂着受伤的院长，不知道他的伤势如何。

安福怀老院很宁静，我们在牵挂中不知不觉地合上眼睛。当我听见小鸟在枝头上啼唱婉转的时候，天还没有亮，我与义工就一起到安福寺参加早课念诵。从安福怀老院到安福寺，要走上半小时左右的路。因为是下坡，步履轻松。早晨空气清新，身边泉鸟和鸣，仿佛觉得，它们也和我们一样，每时每刻都在修行。安福寺的飞檐翘角隐约在朝雾迷蒙之中。头顶星星还在闪烁，身边灯光仍旧安详，钟鼓木鱼的声音在回响。

我们穿上海青，依次进入大雄宝殿。在佛号中，女众左，男众右，合掌，低眉，观心。《炉香赞》《楞严咒》《大悲咒》《心经》《阿弥陀经》，带着我的善美之心在空中回旋着。我们一圈一圈绕佛，渐渐地天亮了，阳光射进来，我的心豁然明亮了起来，大家的脸上充满喜悦。有人说，我穿海青礼佛的样子，很有气质，与众不同。我欣然笑了。

安福寺是按照中国佛寺的中轴线建筑的，与众不同，这里主殿不叫大雄宝殿，叫作灵山宝殿。灵山法会，听佛讲经。中间挂着"教观总持"的匾额，我想起国清寺前的照壁，估计安福寺也是属于讲寺一类的。一问果然，它传承的是天台宗教义。这大殿不只是朝拜、坐禅，还主要是用来讲学，弘法利生。它是法堂、禅堂、讲堂综合一体的建筑，是按照敦煌石窟的形制造型设置的，吸收西方教堂建筑的穹顶风格，中间没有任何柱子遮挡，视野开阔，气象宏伟，明亮宽敞，可容纳五百人听法，既昭示了佛法的广大，又有形式上的创新。

做完课诵，早餐。寺院的厨房叫香积厨，而吃饭的地方，则是大彻堂。饭食是可以大彻大悟的。忽然想起，六祖慧能，是捣米砍柴的；寒山拾得，是厨房扫地烧饭的，厨房也是高僧大德修行的好去处。在寺院里吃饭，让人体会到一种美德的滋润。安静，平和，不能讲话，不能发出杂乱的声音。吃饭要恭敬，把碗端起来，不能把碗放在桌上，凑上嘴巴吃，不能吧唧嘴，不能跷二郎腿，不能歪身子，那是不雅的。吃饭与念经一样，要有敬畏心，要专心致志。试想一个人连饭都吃不好，怎么做其他的事呢？吃饭，用天台话来说，就是啜饭，小口小口吃，细细致致品饭的甘甜及其滋味中蕴含的精神，不能狼吞虎咽，更不能留剩浪费。行堂的僧人，抱着饭桶、菜桶，在你前面倒退着，您需要吃的话，把碗一推，他给您添上。够了，就不用向前推碗了。一切都是心领神会，很和谐。

在寺院吃饭前，得来一通诵唱，意思是报恩感恩，报佛报天地父母国家的恩赐，报劳作者提供食材的恩，祈祷所有的生灵，包括孤魂野鬼都得以居住饱暖。上报四重恩，下济三途苦，平常的吃饭，在这里赋予文化情感与博爱精神。把吃饭当成一种仪式来做，这是合乎人伦礼仪的。饮食自然是崇高的仪式，这是佛家给人与众不同的感受，我想，每个人在这里都能得到善美品性的陶镕。

饭毕，我们穿行在寺院之中。寺中师父走在前面为我们引导介绍，我本是徒步行旅惯了的人，不知不觉，步幅迈得很大，一下子走在师父的前面，师父不计较我的唐突无礼，却向我宽厚地笑。我也向他微笑，在微笑中达到默契。他与我一样，都是虔诚

的朝圣者，我们心中都有佛。

天圣山所在的西坑镇，是浙南的一个畲族乡，它与中国最高的瀑布百丈漈为邻，站在寺中观看四周风景，皆是翠绿表山，草木繁茂。安福寺就坐落在山谷朝南阳坡上，新修的巍峨殿宇，被阳光照得透亮。此寺始建于唐代宪宗元和三年（808），山门、金刚殿、大雄宝殿、四方殿及厢房，以及数十间的轩宇，一概齐全。地方志中记载，元代时，寺庙曾好几次遭受兵燹，建筑物损坏不堪，墙倒屋塌，到清代康熙二年（1663），寺院由明真和尚重修，到乾隆十六年（1751）的时候，德信和尚又加以整修，到同治三年（1864）再作重修，历史上，曾有三十七位高僧驻锡，德门宏开，法声传播。乾隆年间，它还是被皇帝敕封的皇家寺院。在人们的心目中，安福寺是东方药师佛的道场，药师佛为大众消灾延寿，就像天台山石梁方广为五百罗汉道场，普陀山是观音道场一样，乃是积善积德之地。曾经香火鼎盛的安福寺，却在1957年被改成下放劳动干部的宿舍，1963年改为国营苗圃，在"文化大革命"期间遭受劫难，20世纪末，只留下半厅的四方殿和几块断碑，于苍烟落照之中，一片荒凉空寂，空留嗟叹。

1942年，一场瘟疫夺走了许多温州人的生命。安福寺里来了一个7岁的病恹恹的孩子，他的名字叫作阙玉书，是跟着外婆到寺里避难的，寺里的老和尚被人尊称为药师，他上山采草药，给孩子煎汤熬药，孩子服用之后病愈康复，现在，他年近古稀，所养育的两个孩子均有成就，他本人成了安福寺修复的主要发起者。在达照法师的主持下，2007年8月僧众正式入寺驻锡，在政府部门和广大信众共同努力下，2008年4月2日顺利举行奠基典礼，古刹得以重光，各地信众拜谒药师佛，络绎不绝。寺里四周山上种植许多药材，一来可以观赏风景，二来可以治病救人，在我看来，也是莫大的功德。眼前，天空湛蓝，白云飘荡，一片圣洁。飞檐翘角凌空，檐铃叮当之声和合佛号声，不绝于耳。

在师父的引导下，我们参观了藏经阁，见到了寺里珍藏的许多大藏经及佛宝，尤其是掐丝经变壁画令我驻足良久。藏经阁是安福寺的最高处，可以看见寺院的全景，还有远方白云缭绕葱茏的山谷。在藏经阁前面，有存在了两亿年的树化玉。它历经沧桑，被人作为一种特殊的供奉。

拜谒了藏经阁和木化石，达照法师在方丈室等候多时，我们高兴地一起在席间品茶，听他的开示，得知我们来自天台山，他非常高兴，话语之中，让我感知到他对天台宗的一往情深。方丈楼会客室的墙壁上，挂着两幅智者大师在华顶降魔拜经的图画。当时许多恶魔都来纠缠智者大师，或化为凶恶的厉鬼，或化为父母乡亲，或化为美丽温柔的女子迷惑他，或化为虎狼蛇虫咬啮大师的身体，但大师坚如磐石，如如不动，仿佛到了灵山之上，与诸位信众聆听佛陀的说法，大地震动花雨缤纷。在一个清晨，东方既白，智者大师看见有一群僧人提着灯笼前来接引。智者大师乃是东土释迦，在人们心目中，华顶山也成了中国的灵鹫山菩提伽耶圣地。看到这两幅壁画，我好像站在华顶山上，又看了一场辉煌的日出和灿烂的朝霞。

出于对天台山的景仰，达照法师给自己起了一个别号，叫天台子。他说佛教更需要体恤大众。安福寺不是景点，是不可以收门票的，也不可以烧高香，每一个来上香的人都免费发放三炷清香。安福寺不大肆宣传炒作，只接待真诚的善男信女。这很自然，

很亲民，也很和合。达照法师佛学修养深厚，有不少佛学著述行世，还创作了许多散文诗歌，书法也很别具一格。我以前看过他的一些作品，希望得到他的一套著作，我觉得他是一个写作者，有人想看他写的书，应该是愉快的事，是最胜因缘，充满着法喜。他向我笑了笑，很高兴地答应了。席后，我们准备出门，他说，还有一段空闲时间，让我们再坐一会，意兴未阑。

傍晚，金色阳光把殿宇涂上了一层黄金色。周围的山林亦复如是。

是夜，天空晴朗，安福寺安排我们品禅茶。我以前在河北赵州柏林禅寺品了几次，了解从谂禅师喝茶去的意思，感受到柏林

◉ 经行

月光的无限情味。但在江南的安福寺，禅茶的含义也直截了当，丰厚幽深，我细细探究，就是安福两字。只有安，才有福，就像只有安居才能乐业一样，但我们很浮躁，做不到这个安字。静下来细想，安心，把心放下，做自己喜欢的事情，专心致志，就像楼台上的古典女子，心无旁骛做着她们的针黹，吟哦着她们的美丽诗词。安是内心的境界，心净心静，别无其他欲望才是。心安即归处，心安是化境。

在法师的引导下，我们每人捧着各自的一盏心灯，绕佛，不发一语，供奉在佛前，然后在各自的座位前安坐，闭目沉思。在品茶中，我体会到安福寺的茶，象征真文殊菩萨的大悲、观音

菩萨的大慈、普贤菩萨的大行、地藏菩萨的大愿，都是圆满的功德，也是身心之间的六度万行。品茶之间，整个身心被洗净了，内心空了下来，也就得到了极大的放松。在这里，我听到一首《如如茶》歌的旋律，在冥冥中回响，亦如我们如如不动端坐虚空之上。所谓的如如，就是内心真实的安详。

> 如是如如寂静茶
> 禅缘幽处绽莲花
> 心浩荡　念流沙
> 松涛细雨慢生涯

> 一轮明月挂天涯
> 几度秋凉伴云霞
> 道尽平生悲欢事
> 何如席间一壶茶

安福寺门口有两块石头，一块如心，一块如肝。据说是在重建的时候从地底下挖出来的，可以洗心和沐手。心手相连，肝胆相照，与前面的日台月池是美好的对应。这是一种和谐的境界，心静心净，胸襟才能博大，随缘乐事，和光同尘，续佛慧命。

出了山门，行走寺外，山溪两旁，树木葱茏，金色的银杏大道，辉映着深绿的宽阔的溪水，那是安福寺天然的放生地，不时听到锦鲤跃浪和小鸟腾飞的扑扑棱棱的声音，青山小楼倒映在水面上，如诗如画。

这几夜，我们都居住在安福怀老院里，浮想联翩，夜不能寐。听虫声唧唧，宛如念佛。天还没亮，就一起参加安福怀老院的早课，几十位老人，安详地住在这里，度过晚年，我感到他们内心的快乐。他们唱着弥陀圣号，虔诚礼佛，绕圈而行，心如止水，别无他念，令我自叹不如。早课之后，安福怀老院义工带我们参观了院里的配套设施，进行深层的交流。听他们介绍，安福怀老院是一个非营利性的公益机构，一直以来，得到社会各界的支持，健康地运转。在达照法师慈悲愿力的感召下，由社会爱心人士捐建而成，2018 年 11 月 7 日洒净启用。两栋四层四合院，建筑面积有 11000 平方米，可同时入住 200 多位老人，设有念佛堂、禅堂、会议室、图书馆、影视厅、医务室等二十多个功能配套厅馆。怀老院在山坳之中，与花朵蝉鸟做伴，宁静，整洁，舒适，凉爽。义工细心照料老人的日常生活，在老人弥留之际，他们都不约而同地守在他们的床前虔诚祷念，让他们心情安详平和，在庄严的佛号声中，往生极乐净土世界。这就是生命的终极关怀。

安福怀老院制定了具体细致的规章制度和服务标准，每天按

◎ 茶禅

妙城庄严

照作息时间表安排生活，探索出了一套医养学修用相结合的新模式。在门口我们演练了一阵健身的功法，遇到了几位九十多岁的老人，满心喜悦，精神矍铄。我们遇到了一对来自大连的夫妇，他们卖了住房，把这里当成生命地与归宿地，谈到这里的生活，他们满心喜悦。一日功德回向，生活有规律，老人的健康很有保证。听到《莲花朵朵开》这首歌在空中回响，我也没了世间的尘嚣烦恼。

更值得我们难以忘怀的，最令人感动的是，怀老院义工为我们举行了一场联欢活动，集中感受中国节气文化的精妙，表演舞剑，演唱歌曲，分享了他们精心制作的粽子和香袋。听一位九十

多岁的来自上海的老太太所唱的安福怀老院之歌，"走过万水千山，我终于来到你的身边"，我们激动得热泪盈眶。我们合唱了一首《阿弥陀佛赞》，也朗诵了一首自己创作的诗歌，字里行间，都充满了真情实感，每个人的内心都在共鸣互动。这真正是殊途同归啊，我们都在用心做大慈大善的事业，需要互相学习的东西实在太多了。我们之间的交流会更密切、更充实。

第三天早上，我们与他们依依作别，登车回程。回想天圣山安福寺三天修学，收获多多，非常愉快。车从南田下来，幽谷深深，眺望天边，远处山峦隐在云海之上，那是我们的出发地，那是我们深爱的天台山。

青云谱

　　这是我平生第一次到南昌。一到这里，首先想到的是滕王阁，因为时间的久远，王勃时来运转的原来的滕王阁早已没了踪影，而现在所看到的新阁，是钢筋混凝土做的，似乎也少了王勃的那种对江醉吟的豪放感觉，更何况周围是鳞次栉比的高楼，缺少开阔的意趣。朋友江子对我们几位远道而来的朋友说，还是去看青云谱好。

　　青云谱这个地方的艺术味十足。至少安静，并且自由，对我们这些底层文人是很合适的，至少能得到一些共鸣和安慰。

　　于是我与江子、祝勇、沈念等人雇了几辆车，很快地驶出南昌的市区，适才的喧嚣一下子就远了，青云谱离市中心不远，车子往东南迤逦而行，十几分钟就到了，也就十几里的路程罢了。青云谱的所在虽然是个郊区，但已经与市区接壤了，一路上见到许多的新楼，但与市区不同，倒有乡间民居的感觉，高耸的马头墙，明亮的玻璃窗，但现在都在拆迁了，一路上乱石乱土堆积。看起来南昌下决心搞旅游了，是动真格、下狠心的了。他们要打青云谱这个文化品牌发展旅游，文化搭台旅游唱戏，这是顺应时代发展潮流的举措啊。

　　青云谱是明末画家朱耷的居住地，在全中国，在全世界，青云谱只有一个，朱耷也只有一个，他是南昌特有的。青云谱原来是一个道院，现在再也找不到一个道士，听不到道家的洞经音乐，更没有香火袅袅香客如织的鼎盛景象。它很安静地完成了角色的转换，现在已经成为朱耷的纪念地。山门匾额上的字是郭沫若题的。说是八大山人的故居，实际上是名副其实的个人博物馆。

刚来时，我很奇怪，这个道院为什么叫"青云谱"呢，"青云谱"三个字有什么意思呢？这里紧靠南昌省会，周围有很多革命红色的胜迹，突然冒出这样的一个道院，没有在"破四旧"和"文化大革命"时被摧毁，反而一如旧制，没有任何伪造的假古董痕迹，且被列为江西省的爱国主义教育基地。一个朴素的道观，与周围的民居没有什么大不同。但它毕竟留存了下来。一个生活在夹缝中的画家，一个介于僧道之中的怪异人物，一个在历史上破败不堪的道院，在21世纪商品经济竞争的太平盛世，忽然焕发出神奇的魅力，得到政府官员和市井百姓普遍的尊崇和共同的青睐，唤醒了人们在久久伪装下的本真心地。在历史上，在岁

◉ 八大山人像

月里，我们失落得太多了，现在，我们在这里重拾以往的尘封记忆，寻觅智慧的印痕。

查阅青云谱的详细资料，得知其南距南昌市5公里，为西汉时期的建筑，当年名为梅仙祠。东晋大兴四年（321），其为道士许逊之"净明真境"，唐贞观十二年（638）改名为"天宁观"，大和五年（831），改称"大乙观"，北宋至和二年（1055），敕建为"天宁观"，清顺治十八年（1661）改称青云谱，寓意"青高如云"。自朱耷和牛石慧兄弟两人在此隐居后，改名为"青云圃"，后人将"圃"改为"谱"，故名青云谱。我发现自己的孤陋寡闻，但是由青云谱名字想到纳西古乐或者洞经音乐，也是很自然而然的，我发现了两者之间密切的联系。

用"净明真境"来形容青云谱的景色氛围，是很切景切情的。青云谱所在的地方三面环水，尽管面临高楼，但隔着一座小小的石桥，一片清净的微澜，还有门前的垂柳和轻风，给人一种清虚玄静的感觉。我仿佛面对的是西湖的景致，心中涌起文人临水的情味，在宁静安详之余颇感放达与平和。从山门进去，则是亭亭如盖的树，枝丫交错，绿叶浓荫，宛如长廊，行走其下，和风习习。间有诸多古树，其中不乏苍柏，老干虬枝，扭曲横空，有一种奇诡怪异的味道。但是，树影中的道观屋顶和花格子门窗，木柱木椽木梁，还是给人一种乡野家居的惬意。

青云谱所在的地方叫作"瀛上"，使人想起瀛洲，在道书里，瀛洲与方丈、蓬莱和员峤被称为海上的仙山。杭州西湖有小瀛洲，北京北海也有小瀛洲。饱经家国破残亲人离散之苦的朱耷，在这里找到了一个安身的所在，盈盈一水间，给他家国破碎之后真正的慰安。

◎ 青云谱大门

　　青云谱原道院有前、中、后三殿。前殿祀关羽，中殿祀吕洞宾，后殿祀许逊。现在的道院却连一尊神像也没有，无神却有神，此神是在骨髓里，从思想和心灵深处洋溢出来。道院前后几进院落，与江南的农家没有什么不同，瓦檐下，落满西斜的阳光，把花格门窗的图案投射到墙上和地上。而朱耷的诸多绘画，无论是花鸟，还是人物，酣畅淋漓的笔触，都落在高挂的卷轴上。不过我们所见到的皆是复制品，真迹还是无法展示的。江南多雾，潮湿阴沉，书画如此高挂着，也是容易损坏的，何况真迹是珍贵的，唯一的，有更多的神秘性。其实，我在很多的美术书上见到过朱耷的作品，现在他的故居里阅读，近距离地观赏，也更深切地领受到了他内在的精神。朱耷在艺术家的眼里，被演化成一个神，其实，在我的眼里，他是一个血肉丰满的人，一个实实在在的人，一个平常的人。就像我眼里的青云谱，是一个普通的道观，一个草民百姓的村宅，因此感受更为真切，情感上也变

得更为熨帖起来。

许多人一谈到青云谱，自然扯上了周灵王太子晋王子乔，说这里是他炼丹吹箫的所在。据说王子乔炼丹吹箫的地方很多，在浙江有天台的桐柏山和乐清的箫台，都有其吹箫控鹤白日升天的记载，地方志上言之凿凿，但是要真正地考据起来，是很难的，年代这么久远，谁也找不出实际的子丑寅卯，传说也就成了史实。王子乔在这里吹着他的洞箫，引来一片片青云黄鹤，升空而去，那箫声袅袅，有韵有律，是不是就是失传了的《青云谱》呢？

无意中，我竟然搜集到一首《青云谱》的歌词，如是唱道：

有意结茅为闲伴，人世怎奈得消遣。

不愿言机便，止心相便。莫留恋，猿惊鹤怨。

情缱绻，禹穴云间，青山不远。

…………

◎八大山人纪念馆

知心樵伴，随寓有团圞。土枕砂煖，孤月青天远。

白书寒寒，洁身付翠竿。挥指云间，山外更有山。

此词此境，深蕴道家的清静，坐忘精神淋漓尽致。坐卧烟霞，行止云水，坐卧水滨的青云谱上，沉浸在此词句、此曲律之中，让我听到了通明自在，与真山真水融合成一片。

王子乔毕竟太遥远了，无可稽考，但是，朱耷这个人物还是实实在在血肉丰满的。首先，他是一个平常的人，一个行走在俗世红尘中的人。朱耷原是皇室的后裔，他的祖上就是明初宁王朱权，朱权本人好茶，也著有茶书行世，朱耷的辈分与地位，可以与在北京景山吊死的崇祯皇帝平起平坐。但是，因为时世的转变，他养尊处优的生活一下就成了明日黄花，仅仅是悲怆的梦痕，虽然金瓯残缺，但山河依旧，草木幽深。他隐居在江南的丛林山水之中，躲避了清廷的追杀，等到清廷安定之后，才回到故里，遁入水边的青云谱道院，与青灯黄卷为伍。但是，他还是无法清静，几经入道，又几经还俗，在僧道之间自由往来，在俗世空门之间进出自如，就像走访邻居亲戚串门一样，对于朱耷来说，道家的丹诀和清规，成了一种摆设，而书画诗歌，使他气冲丹田，文光射斗牛之墟。空门安静，可以用书画安慰自己，放纵自己。时世的多舛，命运的乖蹇，使中国失去了一个花花公子或者纨绔子弟，而痛苦和压抑之中，造就了一个真正的艺术家，使其回归了自己的生命本真，让自己进入了一个玄妙的境界。

在青云谱行走，有他，也有我，无他，也无我。

青云谱的树下，有朱耷的铜像，形容枯槁，但眼神炯炯。虽

○八大山人像

然其身躯瘦弱如前面的那株秃枝无叶的老柏，但依然坚毅，依然桀骜不驯，阳光落在他的眼睛上，宛如喷火。朱耷在空门和俗家行走，已经看破一切，但也在留恋自己，因此在坐卧自如当中，将自己改名为八大山人。在我的耳朵里，"八大"两字，就像用古琴演奏《青云谱》时断弦的声音效果，弦断了，只不过是一个休止符而已，弦断了，但音乐在，音乐断了，但曲谱在。而他将自己的曲谱，变成了书法与绘画。他画的鱼和鸟，出没在荷叶和芦苇之间，都翻着白眼，斜看着周围的一切，也看破了尘世的一切。

这社会，这历史，这人生的起落和聚散，就像一出活报剧，没有必要值得正眼而视的。因此，朱耷感到哭笑不得，把八大山人四个字连写，就成了"哭之笑之""笑之哭之"，就如饮酒，在一仰脖一低头之间出神入化。凭着酒兴，笔墨酣畅淋漓，朱耷感到了极大的轻松、解脱和自由，在这里，在青云谱，他得到了真正的狂放和潇洒。

但是这种自由和狂放，世俗之人是难以理解的，人们总用一个"怪"字来形容，其实在这个世界，能"怪"的人又有几个？许多人都以正统自居，总说别人是旁门左道、歪门邪道、离经叛道、异端邪说，仿佛自己就是颠扑不破、放之四海而皆准的"人间正道"。在他们的眼里，朱耷也是一个异数，是不能登大雅之堂的，它不过是失意者的牢骚不满，是不上境界的，但有谁能理解他内心的那种压抑和痛楚呢？这是缕缕的血痕，是深深的刀伤，是一种发自内心的呐喊，在很长的时间里，这种呐喊恰恰是正统之人不屑一顾，甚至竭力压制打击的，朱耷充其量只是一个草根而已，要地位没地位，要钱财没钱财，要关系没关系，要文凭没文凭，甚至吃了上顿没下顿，连一件用作"客面罩"的"长衫壳"也没有，充其量是"堕民"是"秽多"，是"瘪三"是"阿木林"，有什么资格谈艺术，有什么资格上台面！

但朱耷把这一切完全看透了，这些世俗的讲究对于他们来说没有任何意义。对于他，那些道经玄虚的东西，也没有意义。他只是看山，看水，看鸟，看鱼，看花，看草，他不需要与那些人对话，也不期望他们的垂顾或者施恩，他就这样特立独行。他把自己当成了一只特立独行的驴，漫行在绿色乡野之间。他把自己号为"驴""个山驴""驴屋""个山""雪个"，个身只影，融入雪云之中，最后"灭个"，将自己与天地万物合而为一，诚如减余居士蔡受在朱耷的画像中题跋："个山个人，形上形下，圜中一点。"这个圜中一点，上下虚玄，站立其中，孤身只影，面对的是苍茫的天地，是无垠的宇宙太空。

青云谱里挂着八大山人的画像，孤身一人，没有任何的背景点缀。这幅朱耷的画像，是朋友黄安平给他画的。青云谱的老院子里，有一处小小的房间，叫作"黍居"，在一处角落里，许多人没有注意，就走过去了。据说，这是八大山人的寝室，墙上镶嵌的匾额是八大的朋友黎元平所题写的，里面所有的一些桌椅板凳，是不是八大山人的旧物，很难考据的了，但是这里显得非常

◎ 八大山人作品（鱼）

◎ 八大山人作品（鸟）

的宁静。黍居前面所对的，是一泓绿荷塘，还有茂密的绿荫，时有秋蛰鸣唧，时有蛙声聒噪，有人竟然在这塘里放养了一只鸭，它看见我们来了，歪着头望着我们。它对我翻着白眼呢，是不是八大画中的那一只？一只鸭足够了，不要太多，否则，就喧闹了，不能安静了，就影响朱耷吟诗作画了吧？

朱耷就住在这黍居里，是不是以黍为粮呢？我忽然想起，他是不是在吟诵《诗经·黍离》的名句：悠悠苍天，此何人哉？他在这里做了二十年的道士，通过书画，来资助一些反清的人士，但是，直到花甲之年，还是没有任何效果。他感到寒心，心灰意冷，满腔的悲恨，在墙上题诗道：

> 旧游南日地，城廓
> 倍荒凉。
> 梦里惊风鹤，天涯
> 度夕阳。

山川照故国，烽火忆他乡。

何时酬归计，飘然一苇航。

　　八大山人，不应该说是很幸福的人，他感到破灭无望，生命犹如落花一般，无声无息了。但是，八大山人独特的画风，影响了以后的许多人，如郑板桥、齐白石，等等。他们虽没有像陈老莲那样自号"徐青藤门下走狗"，但对八大的敬仰之心，有过之而无不及的。

　　青云谱的后园有绿竹，有桂花，绿竹尚翠，桂树无花。在树林中，见到了八大山人的墓。其实，这里并不是他真正的葬身之地，只是他的衣冠冢，他真正的墓地，是在新建县的中庄，墓前有两棵苦树，也伸展着光秃的枝干，如同一只举而向天号呼的手臂，仿佛为八大山人的精魂所化。八大山人衣冠冢之旁，有牛

石慧的墓地。牛石慧名朱秋月，是朱耷的弟弟，他的风格接近朱耷，但是比朱耷更加狂放。牛石慧三字直写，就是"生不拜君"，直接与统治者决裂，悲愤气势更为强烈。

青云谱这个地方，不足一千平方米，透过树隙，能看到不远处作为现代交通枢纽的大桥，车辆鸣号着呼啸而过。江子告诉我，政府要在青云谱周边修起围墙，将其与滚滚的红尘割裂开来。青云谱附近，有碍观瞻的民房要全部拆迁，建成一个谐和的景区，希望能够保持这里的宁静和安详。

有这个必要吗？

夕阳西下，我们作别青云谱，不想湖里涨水，淹没了刚才经过的小桥。

天台山村记

龙皇堂集云村记

龙皇堂，往东可登华顶望云，往南可至高明真觉悟禅。这是高山顶上的一个小小盆地，不同于塔头坑、水磨坑、陡坡、梯地，却土地膏腴。田园宁静质朴得如山地的少女。

龙皇堂村舍皆以花岗岩砌墙，石块皆整齐划一，方方正正，一直从地基砌到屋顶，统一凝重，和谐，此间山居可以与温岭石塘的渔村相媲美。尤其是范文呙的村景更令我驻足流连：村中松树柳杉刚直挺拔，在浓荫深处偶见一角花岗石墙和瓦檐，更觉得醒目而清秀，农家二三，隐现于阡陌稼禾之间，令人神往。

龙皇堂村周翠峰四合，平和温柔，朴实大方，如此间醇厚的民风。察岭位于龙皇堂之东，有故道为天台城到华顶峰的必由之路。路旁绿荫蔽日，鸟喧虫鸣，非常幽清空寂。相传察岭为汉朝名儒高察的隐居之所，路旁也有"汉高察隐居处"的摩崖，其书法遒劲而端庄。其下为石梁中学，曾为高察的结庐之所，为天台山最早的文教基地。旁有岩卓然，顶上一泓清碧，经年不涸，人称一奇。坐石驻想，听书声琅琅，文化情怀油然而生。

◎ 云居龙皇堂

吴冠中先生游天台山时，对龙皇堂村舍情有独钟，龙皇堂村北边茶山中有一石砌的小屋，被吴先生绘画，收入作品集中。这种茶山石屋，比比皆是。龙皇堂村附近多奇石嶙峋，悬崖壁立，可惜因开采过甚，美景渐阙。龙皇堂草木并不丰茂，出产也少，但今年建成浙江省最大的无污染高山蔬菜生产基地，注册了商标，产品销往上海、杭州、江苏、香港等地，供不应求。

龙皇堂附近的村名很有特色。高桥距离龙皇堂仅半公里，桥不高，仅半米，何故名高桥呢？原来是为纪念高察命名的，如察岭、高峰、高丘等，亦复如是。察岭后有村曰"平地"，仅在山冈上，方圆几百平方米。大惑不解中，忽想天台北山的一句民谣"高明好高不高，太平好平不平"，很有禅意，顿有所悟。

97岁高龄的王修顶先生，经常到我的书房里聊，问龙皇堂名

字的来历。他告诉我，龙皇堂村名，源自村中的一座庙，是清代康熙年间建造的，叫柘树庙，庙内供奉龙皇，建筑位置就在村中间，坐北朝南，为单间建筑，前面还有一口池塘，称"三角塘"。因此，龙皇堂又叫龙皇塘，明代之前就有了，徐霞客的游记提到了龙皇堂，估计已经几度兴废。龙皇堂的前山叫镇龙岩山，山顶上有一泓清泉，这就是著名的敕封潭。传说这里住着一条断尾巴龙，它原来的身份是水蛇精，修炼有五千年道行，到玉皇大帝那里奏请，要准许化龙。玉帝问分管仙乡的大臣王象棋："天台山上是否有清风潭？"王象棋答道："臣未听说过。"玉帝听后大怒，叫左右龙头铡刀伺候，水蛇精赶紧就溜，但不够快捷，被铡去一段尾巴，拼命地跑到清风山上来。龙皇堂村民说，龙要布雨，需要考的。就像开车要驾驶证一样，考上了再面试，敕封后才能履行公务。玉帝见水蛇精修行成龙了，想了一下，降旨封它一个名号，回清风山龙潭镇守，是故，清风山又叫敕封山，清风潭又叫敕封潭。

龙皇堂应该写作龙王堂的，为区别于苍山北山的龙王堂，所以写成龙皇堂。附近村名甚多与龙王有关。龙皇堂之南有村曰兴龙湾，兴即起身也，可算是龙王浴池吧。兴龙湾之西二里许有镇龙岩山，山上的有石头方正如切豆腐一般，相传为神龙掉尾所作，山上如沙发椅床榻的奇岩怪石。敕封潭是龙的居所。站在山顶，方圆数百里青山、城镇、田园尽收眼底，东望华顶拜经台近在咫尺。每当风起云涌，更是气象万千。由于此间风向不定，乱云在寒风阙上旋飞翻舞，山风扑面。于清风山上看景，是一佳处。

龙皇堂既因龙王得名，自然也就成了祈雨的圣地。石梁镇境内多山，土壤贫瘠，水土保持不好，一场大雨，就把泥土冲走了，很长一段时间不下雨，地上就干旱开裂，龙王就成了他们的

◎ 石梁镇镇标

救星。天长日久，当地村民就形成了一套比较完美的祈雨仪式，并一直延续到现在。尽管敕封潭的龙断了尾巴，但至少还得下一些雨的。山上有龙王居住，所以天上的云都聚集在这里，五彩缤纷。

龙皇堂山高气寒，颇多雨雪，春夏多雾雨，冬天多雨雪，境内有大兴坑岭头、西竹岭头，为云雾必经山口。云雾飘到这里之后，受龙皇堂山和寒风阙、察岭、磨刀坑等山口所对冲，就停留在这里聚集，久散不去。村庄之中云雾弥漫，故名集云。但滋润的云雾造就了龙皇堂的美丽风景和丰富的山间特产。

龙皇堂在民国的时候，属于集云乡管辖。我的朋友说，石梁镇除了石梁瀑布之外，最好看的就是云了，石梁流云、高明看云、华顶归云、龙皇堂集云，是云端小镇的风景标志。每个旅人在云上走过，如流云，也是留云。

山上书院在龙皇堂街北端。每天坐在院子里，我打开窗门，就与敕封山相对，看对山的景致。早上阳光照亮山顶，竹木摇曳，色彩斑斓，自成雅趣。清风徐来，朵朵白云团团白雾沿着山坡推上去，或如幕布一样挂下来。有时雨声淅沥，山峰上的每朵云，忽升忽降，起舞翩跹，如小小可爱的精灵。云自天边飘来，潜我门窗，丝丝缕缕。抚我脸庞，久久不能散去。一切都沉浸于浓浓淡淡的云雾中，朦朦胧胧，不分上下东西。"天街小雨润如酥，草色遥看近却无。"天街就是龙皇堂路，梦境一般缥缈朦胧太阳出来，雾渐散开。阳光穿透竹林，洒下道道光柱，色彩玄妙。我在雾中背对阳光，身影套着七彩光环，犹如峨眉佛光。我走到莲台上，清风徐来，上下云雾翻腾，农舍树木隐约，如海市蜃楼仙山琼阁。一阵风起，云雾飞旋，如白鹤掠翅，翔舞九天，

山头云雾，升腾如同炊烟。这是吉祥的日子，该劳动时劳动，该休息时休息，该歌唱时歌唱，该动笔时动笔。

龙皇堂村的夏雨酣畅淋漓。午后，没有风却不炎热，云层越积越厚，清风山顶察岭一片黝黑，但阳光把近处农舍和树木照得亮眼，视觉反差极大，最适合摄影。片刻工夫，云把山巅捂得严严实实。起风了，云不动声色，忽然一道闪电打在山顶之上，雨就哗啦啦如瀑布一般倾泻，身边一切事物便笼罩在雨帘之中。云开一线，山顶放亮，雨帘依然飘忽，飞扬旋转。屋顶雨水如瀑，哗哗有声。一阵豪雨后，云升高散开了，天地更开阔了，光线更柔和，景物更清丽。

六月天，孩儿脸，说变就变，东边日出西边雨。晴天落白雨的景象，在台风雨大浪天的时候，更是风情万千。台风季节山上常见火烧云或彩流霞，满天都是鱼鳞云。我看见了飞翔的孔雀凤凰，看见了丝丝缕缕的高天流云，我听见了天女的歌唱。

在一个白云飘荡的早晨，我在龙皇堂等公交车，去城里参加笔会，迎面遇到白衣白发的瘦高个男人，他笑容可掬、脚步轻盈，就像一朵云飘过，原来他就是民间传奇昌老先生。车在云雾中启动。车上就我、阿慧和他三人。阿慧问他写字有何诀窍，需要怎样练。昌老师说，写字不用练，静心修就好，修到什么等

级，字就写到什么等级，等修行上等级了，不写也就是写，写就是不写。我在修行，已经不写，但我心依旧在写。你若不修行，或刻意去硬修，也同样不对，你能挑 500 斤担子，却去挑 600 斤，超出自己能力范围，每走一步都费力，最后就如石头一般挪不动的。倘若 500 斤挑 400 斤，一切就轻松。闲云野鹤，轻松自如，就像在云中唱歌走路。我问："你为什么喜欢住这里呢？"他说："我喜欢看这里的云，感受这里的风，它们都是轻松自由的、自在的精灵。"

有人说昌先生狂得要命，他说真正的书法是率性而为，是潇洒的、飘逸的、灵动的。真正的书法，是心中太极一样运转的阴阳之气的激荡，是发自内心的性灵之韵，就像云雨一样，可以潇洒、散漫、自由升降、腾跃、飘动，就像云鹤翔天，龙游沧海。云没有任何束缚，也不会为别人的赞许而扬扬得意自喜。它上接

宇宙星河，下贴大地山川，变幻成任何形态。云腾致雨雪，滋润心灵，书法同样如此。真正的书法，是神与物游、物我两化的，是人与自然融合的境界。昌老师说的也是真心实话，能真正理解的并不是很多。他的字在民间留存很多，不乏见之于风景名胜。他初练字的时候，手腕下面吊着铁块，以至运笔自如，如行云流水，现在则用筷子夹着棉花团，难度更大，如夹不住，棉花团就会乱跑，但他操控得轻松自如。

昌老师自视极高，他说王羲之的字不是书法，只是写字。他说一切都如过眼云烟，能得大自在就好。能在龙皇堂集云村居住，对每个爱文学艺术的人，是最为合适不过的。

以天大线公路为界，东边的是龙皇堂村，西边的是集云村。龙皇堂寒风阙下建有高山冰雪游乐场一处，集云村西有麓莲书院、莲花小镇别墅区和日本星野酒店，是个精英人士居住的地方。我受邀做两个文化礼堂的设计编排，同时作村歌两首。

附

龙 王 调

天台县石梁镇龙皇堂村歌　胡明刚词曲

龙皇堂，在山上，山上奉着海龙王。五彩祥云都来集，人间美景胜天堂。

龙皇堂，在山上，山如莲花放光芒。莲花开在云端上，华顶石梁云中藏。

龙皇堂，在山上，满眼都是新希望。唐诗小镇来居住，幸福快乐把歌唱。

龙皇堂，在山上，山上美景好欣赏。辛勤劳动齐努力，风调雨顺奔小康。

龙皇堂，在山上，山上奉着海龙王。龙皇堂，在山上，龙王奉在山岗上。

集 云 谣

天台县石梁镇集云村歌　胡明刚词曲

集云山村彩云飘，脚踏彩云步步高。集云山村彩云飘，脚踏彩云乐逍遥。

推开窗门放眼望，彩云飘在半山腰，彩云落在我屋

◉ 龙皇堂雪景

顶，欢歌笑语透九霄。

彩云聚集我家门，人比山花更俊俏，彩云落在我村道，天朗气清艳阳照。

集云山村彩云飘，脚踏彩云步步高。集云山村彩云飘，脚踏彩云乐逍遥。

林间四季风光好。山中耕作真奇妙，云端漫步多潇洒，日月星辰一肩挑。

集云山村彩云飘，脚踏彩云乐逍遥。集云山村彩云飘，脚踏彩云步步高。

田岗岭村记

张国良原名张明火，田岗岭人，二十几年没见他了。他虽在城里生活，但户口还是田岗岭的。他喜欢写诗，但不发表，经常把作品微信给我。我把他拉到写作群里，他很高兴。在群里，他除了发诗，还发很多田岗岭村的照片。

满谷翠绿的竹林，一条清澈的山溪，几片垒砌的田地，一座端坐竹林中的山居。炊烟在三合院石头瓦屋上像云朵一样升起，村庄宁静安详犹如世外桃源，和美极了。这田岗岭小小的村景照片，引起了大家的兴趣，都想到田岗岭村走走，品尝山间的美味，欣赏山村的风景。国良很高兴，打电话让我召集。十八个人乘了几台车，自城里赶来，先到外湖村集合，然后再去田岗岭。

从外湖村到田岗岭，走老路大约要八里，经东峰村。东峰村离外湖三里，一个小盆地，前山有缺，东风很大，可直接与宁海双峰对望。自山缺沿岭而下，则为下深坑岭，到谷底，过溪，沿溪北岸行转一个山弯，就到田岗岭村。下深坑岭高五里，上陡下缓，我少年砍柴挖笋时，得从山谷沿岭负重而上，气喘吁吁，汗流浃背，尤其劳累，但无可回避。许多旅人得沿岭行走，或去天台或去宁海。此乃千年古道，经田岗岭村前，沿溪谷往东，去下深坑、麻朱潭，过白溪，便是宁海地界了。在民国期间，宁海本属台州管辖的。

自田岗岭村后山竹林上坡，往西北方向横走三四个山弯，经后方医院遗址，可达上深坑。目前上深坑岭到东峰村已经修好盘山公路，但与田岗岭下深坑之间未修，挖笋、运木还得肩挑手扛。上深坑为华峰外湖村所管，田岗岭属大同五村所辖。五村不是五个村，大小有 18 个村，田岗岭为其一，是浙东大峡谷腹地的最后秘境。

下深坑岭古道为天台宁海必经之途，自我家老屋后经过。我

◎ 下午三点的田岗岭

家老屋后门即是大路，负重旅行者先到田岗岭村吃一餐饭，再到我家歇息吃一顿饭或住一宿，然后下外湖岭，往山裘岭、欢岙和城里，所以田岗岭与我家一样，成为行旅歇脚的驿站。田岗岭村人很纯朴，古道热肠，国良和他的上辈，认识了很多过路客人，听他们讲许多山里山外的故事。

外湖到东峰村是通柏油马路的，但东峰到上深坑是机耕路，几经水冲，路面坑洼，对车辆和驾驶者是一种挑战。国良引我们沿顺天大线而行，过岩头厂、外湖坦、到绿葱岢，北东转大水湖林区，一路上山风拂面，境界开远，沿路山林凝绿，竹影摇风，车行林中，阳光筛落，点点斑斑，蝉声起伏，错落有致，每一转弯，翠峰如屏。经上王马，滴水岩脚，沿小机耕路到大湾村，大湾村民已经外出，老木屋几成空壳。屋前停车转西，沿竹林之字形小径翻上小岭，再沿小岭迤逦而下，即到田岗岭村后，俯瞰凹字形的瓦屋如同元宝，坐北朝南，虽在深谷，但阳光充和。其前竹林之上山峰，为望海尖，天台宁海的交界。竹林如舞，一片清幽，山溪淙淙，有竹笕引泉水至厨房，甚为清洌甘甜。同行叹道：此山村原汁原味，名副其实也。

田岗岭村农舍，大石砌墙，上下两层，保存完好，并无破败。廊下锄头铁耙风车扁担，蓑衣箬帽篾篮畚箕，一概齐全。主人截来一段竹梢，留枝杈少许，系在檐下即成倒钩，挂些咸肉玉米丝瓜葫芦之类，或取竹竿制作三脚架，一头插在石墙孔中，即可晾衣晒菜，或烘焙笋干。屋后有竹棚一二，存有煮笋锅灶"淘蒸"，皆就地取材。老屋廊下放着几个蜂桶，居然有蜜蜂嗡嗡绕着"8"字，在四周密林里采蜜而来。厨房大老虎灶里正在烧土菜。主人早已经烧好山泉，随手在屋后采几把"六月雪"，往水里一泡，颇为清凉解渴。然后，诸友就着咸菜、咸笋、干腊肉喝粥聊天，批轻松，大家坐在天井前，听张家兄弟说起山间风物，兴致盎然。

这里山高林密，离城里较远，桐柏暴动时，红军也把这里当作根据地，打土豪斗地主。1948 年 12 月，中共浙东临委成立浙东游击队后方医院，先在下深坑，后转移到田岗岭村后龙潭背一带竹林里。田岗岭张家父亲名叫张科标，帮助后方医院出力不少，比如与傅康龙等人搭建窝棚，把周围毛竹梢拉在一块，扎缚成屋架，上面再加上草帘，隐蔽性特强，一共搭了三个。后方医院院长吴经，年轻漂亮，毕业于上海医学院，后改名吴秀珍、吴合，她一边照顾伤病员，一边把所采中草药送给田岗岭和附近村民用，义务为山民看病，看到村民不胜寒冷，将毛衣送给他们穿。后方医院吃的菜是田岗岭的竹笋，所用器具都是山中毛竹所做的。为保证后方医院安全，武工队在长坑口、田岗岭、横路岗头、下深坑岗头等处放上游动哨；又从后勤处拿来了 18 支步枪，在外湖组建民兵队伍，由东峰村王加金率领。同时，在田岗岭村开设兵工厂，制造弹药修火枪，张科标的妻子也协助做饭，抬送伤员。1949 年 5 月天台城解放，后方医院搬往临海城关，田岗岭村徐花女、范惠香等掏了粉甑底糊起饺饼筒为之饯行。田岗岭村民成了后方医院的后勤与后盾。

说着故事，张家大姐从家里拿出几张放大装在塑封镜框里精心保存的照片。其中就有吴合和当年后方医院工作人员的合影，还有新天县委领导邹逸同志的照片（邹逸是天台县第一任书记）。又有张科标生前穿军服的照片，他是光荣革命战士，但后来，他和王加金、练孟庆一起，被打入另册，便始终不谈此事，终获平

◎ 雨后云起

◎ 守门的狗

反。他去世时，有关人士还专程到田岗岭瓦屋里举行了一个追悼会。茂密竹林宁静小屋，发生的故事令诸友听得入神。

午后，山云骤然聚集，逐渐浓厚，少顷，雷声轰隆，雨大如豆，一阵宣泄，噼噼啪啪，如万马奔驰敲打瓦脊。雨水沿屋檐飞泻，如同瀑布。四山灰蒙蒙一片，朦胧中竹子狂舞，慷慨激昂，让人体味当年山中风雨岁月。大雨下了半个小时，天渐渐清明，对面山峰如洗，更见苍翠欲滴。渐渐地，山谷中起了丝丝缕缕的云，成群成队，遇山脊悬崖，轰然腾起。屋后乳白色的云雾自竹林中压过来，与前山之云纠合在一起，猛地炸开，就像无声的战争，最终，敌我聚集在一起，不分彼此，握手言和。

有人提议说，此景甚妙，唱首歌，我唱了一首：隔山高来隔山低，隔山娘子过来嬉，日头落山担杨梅，某某老婆天亮来。因离开老家很久，后面记忆不清，只好作罢，而张家大哥明国则唱天台乱弹，有点像绍兴戏《龙虎斗》，赵匡胤陷河东的一段《十八悔》，唱词大概如下：悔不该酒醉错斩了陈贤弟，陶三春领人马反上金殿；悔不该带人马下南唐，两军阵前打一仗……

此曲调高亢激昂，谱是熟悉的，听起来仿佛回到了三十几年前。明国唱得尤其很真切动情，唱毕，还打了一路太极拳，以竹林云海为天然舞台背景，显得特别潇洒。

下午三四点钟，朋友纷纷驾车回城，我与主人送上后山，回望田岗岭房屋飘在云中。主人挽留我们一家三口住宿，坐在竹椅之上，看对山一明一暗，一黄一绿。太阳下山，望海尖上空一尘不染，渐渐明亮。不一会儿月亮升了上来，明亮如镜。就着月光喝酒，品味山中美食，继而，明国又对着月光打太极拳。张国良拿出手机拍照，翻出在微信中的诗给我看，诗格甚好。他把刚才的事情写成了诗，尤其贴景合情。

> 山里小屋真清闲，绿色秀丽四面环。
> 谷中灵气飘如纱，令人流连忘往返。
> 哗哗雨声惊梦醒，呼呼狂风飘帘襟。
> 夏凉浑身淹睡意，何处传来吟诗音。

国良说："我喜欢写东西，但可惜文化程度不高，因家庭出身关系，初中没毕业，就帮人开车。"当年乡村干部利用职权欺侮村民，他一怒之下写信给《浙江日报》申诉，引起上级的重视，觉得文字很有用。20世纪80年代、90年代，国良兄弟上小学，得每天来回走八里山路，去筲箕湾念书。读初中要走二十里路到大同寺，而现在山里人读小学得到龙皇堂去，八岁的孩子就住校了，母亲得陪着，没法，不得不搬出去，孩子放城里读。他家有6个兄弟，谈吐文雅，为人厚道，举止大方，明国住城郊，明荣当兵后成了公务员，明飞先是代课，后考上大学，当中学教师，都在外边生活，各有各的事业。家里就大

◎ 张家大哥唱了一曲乱弹后再打了一路拳

姐住着，但每当出笋季节清明之时，他们都要回来挖笋，笋山是祖上的基业，回来挖笋也是对故去亲人的怀念。他们说，老了，还是要回田岗岭村来的。

由于田岗岭村为浙东大峡谷最深腹地，至今没有通上公路，许多游览大峡谷的驴友，徒步而来，有时会在此迷路，幸好此处可以歇脚。他们带来帐篷，或住在张国良家。田岗岭村边的竹山，不全是他们家的。别的村庄甚至城里人的都有。不通路，挖笋运输更为费力，都得肩挑手扛到上深坑或下深坑去。要是修一条路就好了，国良说，这条路大概八里长，能接通上深坑和后方医院遗址，经田岗岭至下深坑，可形成浙东大峡谷山村风情旅游环线，大大开发山地自然文化乡土旅游资源，并与红色革命传统教育融合在一起，田岗岭村也可以改造成后方医院纪念馆和山居生活展示体验基地。浙东大峡谷诸多村落比较集中，若开通公路可以将田岗岭与周边景点有机联结，连缀峡谷独特的自然人文、自然景观。原始自然、质朴纯粹的深山风貌，加上周边村落、后方医院遗址等，成为浙东大峡谷的精华所在。另外，此路能大大繁荣林农经济。此路沿线有两万多亩的竹木山林，大同五村的林农产品如木材竹笋的运输，不再绕道绿葱岙，能大幅度节省生产运输费用和成本，变得更为便捷，希望有关部门重视，将此路立项开通，田岗岭村便再也不是养在深闺人未识的"秘境"了。诗歌是精神的，道路是现实的，俗话说，要想富，先修路，路是山民美好的愿望。

渐渐地，夜深了，田岗岭村的水声、鸟声、虫声、林声、风声围绕耳畔，犹如母亲哼唱的催眠曲，在美好的天籁中，我们无不睡得香甜。一觉醒来，太阳升起，山谷起了通红的晨雾，山脊被镶上金边，田岗岭村舍和田野都呈现在红色和金色的霞光里，让我们内心充满了喜悦。仿佛其间有一条金带一般的道路穿过竹林，铺到我们的身旁。

> 昨日贤师聚山房，屋后雨丝湿横窗。
> 君举相机收云雾，散尽稀纱显毫光。
> 日升东方三竿高，轻纱薄雾万山绕。
> 未觅微风竹低头，晨空碧蓝无云飘。
>
> 2015 年 7 月记于天台田岗岭村

张国良拿来手机，说，我又作了几首诗。

溪岩村记

　　乌溪是我的老同学王岂不的老家，他曾在乌溪村前面包了个茶山，茶山与万年寺隔一小岗，多少带有万年的禅味。宋代时日本茶僧荣西就住万年寺，也从乌溪边上山道走过。这山道途经天打岩，到慈圣，也可以绕到菩提峰和华顶峰去。现在乌溪和天打岩已经被合并起来称作溪岩，属石梁镇石桥片管辖的地带。山溪在岩上流过，如古诗中的明月松间照清泉石上流，很典雅，有隐者意味。

　　今年到天台，正巧乌溪村四位老同学凑在一起，再加上我爱人闺密的先生卢小国担任村书记，邀我同去。小国是石梁镇的乡邮递员，获得台州市最可爱的劳动者称号，名声响亮着呢。

　　我们驱车到乌溪，算是旧地重游了。在村庄里畅叙旧情，很有意思。村里的同学，有朱荣金、赖万良、赖万兴、赖玉娥等。北山中学原来的校长赖根千也是乌溪村出来的。他们有的成了教师，有的成了党政机关干部，有的搞实业做生意，一个也不在村中住，都成了村中的客人。

　　乌溪村位于深山边远地界，宁静平和，山林田地可樵采耕种，足以自给。村庄形成的年代可以上溯到清初，村子很小，但所居住的姓氏很杂。村里上百户人家，有十一个姓聚居，除了最早的徐姓，还有王、赖、卢、刘、朱、石、陈、沈、俞、张等。赖姓宗谱上记载：

　　台邑北山永保乡十五六都附近，万年寺五里许，山

从华顶分支，龙近天峰接脉。但此地有崇山峻岭，茂林
修竹，清流激湍，映带左右。五里之外水口，乌龙潭深
不见底，左右斗龙，山头石笋龙角耸，笋之奇岩，回龙
重叠，建立真君殿，塑神以镇之。旁建境庙一所，祈保
物阜民安，阳基飞凤鸣吼，前朝龙虎旗山。虽高而秀雅
宜人，水不深而澄清可掬，地不广而阡陌交通，人不密
而鸡犬相闻……

诸多家族建造房屋，繁衍后人，和睦相处，开辟了一片好宅
基。老同学说，村后的山是纱帽山，帽翅东西向展开，村里没出
过大官，但能出文人、贤人、高人。宗谱上说，赖姓的祖上就在
村对面的溪边开了一个造纸的作坊，不知道他造的是竹纸还是藤
纸。现在，我们还能找到当年作坊的遗址。

乌溪东西流向，溪流不大，仅是涓细小流，但足以滋润两岸的
叠叠梯田、绵绵群山。山上生长密密森林，田里种植青青稻禾，地
上栽培绿绿瓜菜，无任何污染，空气清新，宁静得很。尽管年轻人
都出门而去，诸多房舍成了空巢，虽有破损，老墙上全是水痕，但
完全倒塌的不多，多少保持着旧时风韵。依山而建的房舍，有过街
楼，也有骑马楼，层层抬升，错落有致，砌墙所用的皆是溪边出产
的小块乱石，以黄泥嵌缝，倒很结实。石头铺成的村道，或横亘延
绵，或拾级而上，颇能入画。若有村人穿着蓑衣、赶着牛、挑着柴
担走过，则是深山人家最显眼的亮点。路上面是人家的沿阶，路下
面是人家的瓦脊，透过它可以看到对面连绵的竹林。

乌溪村里田地平缓，出产栗子、白术、芍药、竹笋、茶叶
等，山里特产，品质甚优。村中常见诸多古树名木。村口高坎上，

◎ 溪岩全景

有两棵参天大树，一棵枫树，另一棵当地人叫作鸟脚树，学名叫作金钩梨，植物书上说它是枳椇属，像鸡爪一样的果实，倒是村里的小孩喜欢吃的东西，也可用来醒酒。每当午后傍晚，树下便成为村民聚集讲故事、唱山歌的地儿。而今，大家则坐到树东边的文化礼堂去了。那是一个大集体屋，过去破旧不堪，现在修整一新，光修整就花费了二十万元钱。村后还有两棵大树，但因为其下早已缠满藤蔓，柴草密布，已经无法靠近。这两棵树和村外的水口庙和老虎石一样，都主宰着村庄命运，村民敬畏不已。水口庙在半山腰上，叫做大王庙，是七八十年代的建筑，比这个庙更远的就是真君庙，在天打岩村外的山口上，据说是康熙年间的建筑，庙前有一棵老树，现在是浙江省级文物保护单位了。溪岩村的老人们在这里念经拜忏，同时也唱山歌小曲解闷。这次我带

了摄像机，正巧把他们唱的山歌都录了下来，有《望郎》《别兵》
《长工叹》《劝哥》，还有《莲子行》等。现在留下的，不但有声音，
而且还有曲谱影像呢。

　　乌溪村外，田地沿溪分布，水源充足，加上诸山林木茂盛，
没有干旱之虞，故能辛勤劳作，衣食丰足，足以安享天年。乌溪
外的天打岩村，在半山腰上，从公路转弯处看，犹如一幅挂起来
的画。村庄前面境界开阔，村舍集聚则更加紧凑，村旁有一片松
树林，与村道老屋结合得更为和谐。

　　天打岩外不远处的张板溪村，比乌溪平和，好像山顶上的一
个小盆地，山口之上，几十户人家。70年代，张板溪外面山谷建
了一个水电站，水库外面秀峰兀立，像桐柏琼台。山谷幽深不见
底，树木茂盛，沿着水库的渠道直行，到了尽头便是谷顶，低头

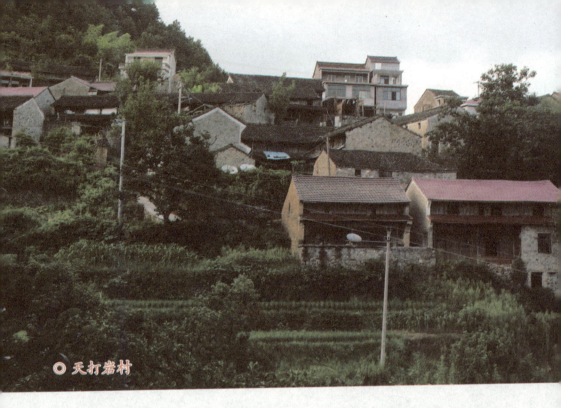

○ 天打岩村

俯瞰，水电站房屋一览无余。坡度 60 度的石阶路旁插着落水管，通向那里。这石阶路少说也有二里，好几千级的石阶，过去村里的人挑着两百斤左右的担子，上下也轻松自如，但现在石阶路和水电站早已破败不堪，面目全非了。在水电站外的山谷上，乌溪流入慈圣大坑，仰视山谷，翠崖壁立，溪水蜿蜒在林谷之中，九曲回肠，宛如刘阮采药之桃源，站在这里，我想溪岩村住的更像是天人了。

赖玉娥的弟弟赖万耀，开着一辆小货车来接我，他住的单门独院的两层带天井的楼房，是村中较高的农舍，视野很开阔。坐在这里，我品尝着她年逾八十的老母亲亲手烹调的饭菜，享受鲜美的滋味，看月亮在对面的山口升起来，我打心底里羡慕他们的幸福安详。

我要回城里，就站在车斗上，让车子在乌溪旁的山脊上跳舞，尽管我不敢张开双手，但多少有些飞翔的感觉。在溪岩，我真正地做了一回天上的人。

附 录

溪岩山歌

——浙江天台县石梁镇溪岩村村歌 胡明刚 词 / 曲

石梁东来万年西，山谷之中出乌溪。

乌溪绕过天打岩，溪水两岸好宅基。

树木毛竹绿叶披，山中出产好东西。

林间古道通人下，上山回看白云低。

山里农民勤劳动，田地好像青云梯。

筑石种田住石屋，丰收欢乐世所稀。

石梁东来万年西，山谷之间出乌溪。

唱起山歌真幸福，欢迎大家都来嬉。

◎ 乌溪村口，菩提树下村民聚集在一起讲故事唱山歌

追怀陆蠡到平桥

　　我一直在心底里追怀着陆蠡，时常跋涉到平桥寻访这位天台山水孕育的 30 年代著名散文家的踪迹。他的《海星》《竹刀》《囚绿记》如一块块明亮的丰碑，矗立在我的艺术生命征途上。我自始至终深受他笔下文化精神的影响，陶醉在故乡的清丽山水间，领略淳朴的乡土民风，寄寓着鲜明的感情，在心底里充盈着与他一样纯粹而鲜红的情愫。多年来，我一直驻足于平桥老街，徜徉在陆蠡故居，每每都有全新的生命感触。我多想用这支拙笔记述我不尽的情怀，却一直无从下手，虽然徘徊平桥十数次，也曾与陆蠡的亲人作过几次推心置腹的交谈，却都成了吉光片羽昨日梦痕——我在追寻陆蠡那丝丝缕缕的飘忽的英魂啊！

　　秋阳正斜照在天台西部这片平畴沃野之上，把星星点点的房舍和丛丛簇簇的滩林涂上了一片纯粹的金色。更灿烂的稻浪随风荡漾，该是收获的好时节了。穿行在这片早已熟稔的乡土中，我激动的心情难以言述。作为陆蠡的同乡人，作为艺术世界的殉道者，我是以一种朝圣的心情来叩拜陆蠡的旧迹的！

　　翻开我珍藏已久的《中国现代文学作品选》，几行平淡的字迹映入眼帘，"陆蠡（1908—1942），原名陆圣泉，浙江天台人，1942年他作为留守上海文化生活出版社的负责人，被日本敌特机关逮捕，在监狱中英勇不屈，最后被秘密杀害"。寥寥数语，不尽如人意。尽管陆蠡的作品不同于大作等身的大家巨匠，但他的艺术思想价值是永存的。他或许不是名人，但他也是始丰溪畔一棵小小的嘉树。当我穿行在这条明澈的清流溯源而上时，蓦然觉得自己与他一样同是爱山乐水的人。蠡者蚌也，归之于水，而考源和圣泉，更使我们无比纯净。我的心里怀着一条明江来，循着陆蠡的足迹，在澄澈的流光里，让心空响彻淡泊而激越的声音。

◎ 流经平桥的始丰溪

　　"故乡的山水如蛇蜡一般萦回在我们的记忆中了"，这是陆
蠡的散文《溪》中的一段话。我身边这条发源于大盘山麓的始丰
溪孕育了陆蠡的文情也抚养了我的青春，这是一条母亲河，横
贯天台全境迤逦东去。它清晰地倒映着两岸的田园农舍和小城人
家，满载着岁月沧桑和风雨明晦，向我展示着富有江南山乡特色
的风情画卷。我仿佛在溪滩中捡拾起许多的五彩石，它们充满一
种叫作台州硬气的特质，在记忆之河中熠熠发光。严蕊、齐周
华，以至陆蠡，都是我们拥有的人文瑰宝。我满怀崇敬和挚爱，
走向我心仪中的平桥。

　　流经平桥镇的这段溪流，不再像深山崖谷飞泉那样横冲直
撞、桀骜不驯，却显得更有涵养、更有气度，尽显迟迟缓缓、
平平和和、温文儒雅，犹如一位俊逸的书生，故又名文溪。早
时附近有一座文溪中学，旧址就在今天的平桥中学。少年陆蠡
就在那里读书。我总觉得陆蠡的性格就像这条文溪，深藏不露，
清丽含蓄，却刚柔相济，豁达随和。听当地的一些老先生回忆，
陆蠡不善言辞，行为迟缓，貌不惊人，却极富激情和才情，在
席间话不投机也会拍案而起拂袖而去。但正因其正直坦荡而不
乏挚友。当他身在异乡独对孤灯遥望家山时，不由得文思泉涌，
神采斐然。平桥原是指始丰溪上的一座小石桥，始建于清代乾
隆年间，长不过三四米，却是平头潭街与岩头背的交通要道，
现在已经修为水泥桥了。桥下不远处的埠头旧时可驾船直指临
海椒江。民国时，两岸林深木茂，乡民常砍伐竹木结而为排，
顺流而下，成为一大民生活计，陆蠡的散文《竹刀》也如实反
映了当时的情境。平头潭街依然保持着旧格局，两旁的木板房
黝黑的门窗和屋檐，高低错落的店铺和门楣，写满此间的岁月

◎平桥老街

风霜。走在街中的石子路上，追想往昔的风雨尘痕，不由得感慨万千。平桥镇定型于五代后梁，兴盛于元末明初，直至现今，与路桥、临海杜桥一起成为闻名遐迩的台州三桥。平桥商贾云集，厂店林立，更何况此间因全国最大的筛网滤布集散市场而闻名遐迩。平桥乡镇企业飞速发展，农村经济逐步繁荣，但乡民们总忘不了陆蠡，把新建的大街命名为思泉路，让后人缅怀追思，也让我无依的艺术情感得到些许的慰藉。

我怀揣早已翻得残缺不全的《陆蠡集》，走向岩头下，这里本是一个小小的岩渚，但经过流水的经年冲激，早成为一条卧波的游龙。溪水经过岩头背，不断洄漩，在岩渚下淘挖出一个深深的平头潭。有人告诉我，陆蠡有个兄长是当地的教师，因学生不慎跌入潭中淹死后，精神受到极大的刺激，不治而亡，颇为惋惜。岩头下沿溪矮小的石板屋，古朴简陋而寒酸，屋边的池塘早已干涸，被蓼草掩盖得严严实实了。过一条狭长的小巷，见到一座两层的三合院，便是陆蠡的祖居了，石匾上书"瑞气东临"四

个遒劲的大字，相传是陆蠡父亲的手笔。他的父亲名叫陆宗兰，是当地的乡村名儒。陆蠡出身于书香门第，自幼得其文化熏陶。从他的散文中，我得知其父亲曾题写过"辟虎堂""一匏堂""殪虎堂"的，却难寻旧迹了。余小梅为平桥镇西余村人，其婚姻是父母包办的，虽婚前双方都不甚了解，但婚后夫妻互敬互爱、夫唱妇随、美满和谐，并育有一女。小梅去世后，陆蠡痛不欲生，朝思暮想，辄写些片言只语以志缅怀，可惜生前没有发表，后作《集外》收入浙江文艺版《陆蠡集》中，总冠名曰《给亡妻》，其文情真意切，痛彻肺腑，读来黯然泪下。

从陆蠡祖居的后门出去，不远处就是陆蠡亲手建成的书院，据说是他在上海文化生活出版社工作后建造的，书院是法式带有上海石库门的建筑风格。而今，门头上雕刻的三匹白鹿早已被风雨剥蚀得面目全非，台门也不知去向了。该房子建成后不久，陆蠡就遇害了，空留此屋，不见故人，反觉惆怅。直至40年代，曾有一队国民党军队驻扎于此，墙上依稀可辨他们涂写的标语"博爱精神"，中华人民共和国成立后由几位五保户居住，几年前因用火不慎，西厢房两间被焚，屋顶被烧坍，虽然现在已略加修整，但几成黑炭的窗格和门架依然兀立着。旧居同周围的楼群相比，更像个穷困潦倒的秀才，寂寞而寒碜，在岁月的风尘里，向人们展示岁月中的一个陈年的伤疤，让我感到久久的痛楚。陆蠡的容貌早已模糊，但他的旧居却一如他的散文，在经过人们的淡忘后，又逐渐容光焕发起来。

怀着凝重的思绪，走过陆蠡故居吱嘎作响的木板楼梯，轻抚破残的墙壁与门楣，静坐在木格花窗之下的断阶上，一派沉郁、门前的苦楝树枝在天空中划出一条枯黄的创痕，在故居的屋顶上落下重重的铅灰色。我在冥坐中静观默想，一个白发苍苍的老婆婆拄着拐杖颤巍巍地走过来向我打招呼，我告诉她我是看陆蠡的。"哦，原来是'泉'啊，"老婆婆的眼睛竟炯炯有神起来，"写书的，在上海写书，被日本人杀掉了，死无对证，可惜啊可惜！""不知他相貌怎样？""高矮胖瘦同你差不多，不讲多话，慢吞吞的，眼睛也有些毛病。"老婆婆顿了顿说，"最近有许多外地人都来看这老房子，上海的有，北京、天津的也有，就是天台本地的来得少，可惜啊可惜——"老婆婆絮絮叨叨着，走向小巷深处，在这个特定的环境里，老婆婆的叹息如一首秋风萧瑟的歌，细细的，却不胜寒意。而今，有多少人记起陆蠡呢？他永远

是一个遥远的梦境，永远是那么难以寻觅吗？

陆蠡故居的上方大概就是岩头背了。我站立的前方是一大片空地，大概是陆蠡笔下的麦场了。少年的陆蠡不就在这里唱着"燕啊燕飞过天""大麦黄黄小麦黄黄"的天台童谣，吹着他心爱的麦笛悠然飘过吗？天台的乡土终于在他的妙笔下焕发出无穷的美丽，他知道，家乡的风土和民情是俊美的，但也是落后甚或是惨烈的。陆蠡只不过以浓重的笔调写出了天台山民底层生活的原生态。在溪边的《水碓》里，我听到被捣成肉酱的那位女孩的惨叫，看见摇着机器做工的那位《哑子》，看到《嫁衣》通红的迎亲队伍和古屋腾起的火光，还有《庙宿》中半岭茶亭烧茶的妇女憔悴的脸，更有《私塾师》中疲于奔命徘徊的兰畦先生的瘦弱背影——一个个人物一个个场景，如电影蒙太奇一般在风雨中映现。这纷繁的苍生，无不感到生命韶光的流逝和世事的变迁。始丰溪水永远呜咽地流淌着，但我总觉得这里的社会与现实是不容乐观的，直至现在，谁都想避忌，但谁也避忌不了，我们难道因为陆蠡写了家乡民风的阴暗保守而丑陋的一面，就能横加指责他直率炽热

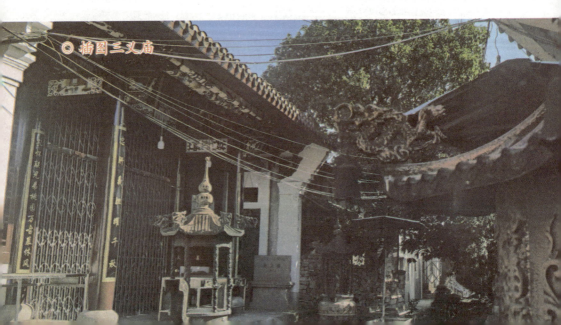
○ 插图三义庙

的赤子之心吗？要知道，陆蠡生前是深爱着这一带山水的，他"如怀恋母亲似的惦记着故乡""倘若我做了大官后，则挂冠后，辟芜芟秽，葺草舍读于山涯水际，岂不清高之至？"而今他的孤魂依然游荡于一带无依的梦境吗？此刻他是否重归故园，与我一同再去看溪边村妇的捣衣？

时已深秋，微风徐来，带来缕缕幽凉。我忽然想起余光中先生对陆蠡散文的评价是非常中肯的。他说："感性散文写得最好的恐怕是陆蠡了。""他的散文独创在于断然割舍繁文杂念，而全然投入单纯的情感，务求饱满的美感。"《贝舟》《囚绿记》《谶》等只从一丝萦念的线头，便会抽出一篇美丽而多情的绝妙小品来。""陆蠡是散文中的纯艺术家。"可见陆蠡写的就是一种性灵上的文字。正如悠逸的始丰溪水，既壮烈激奋，又舒曼流扬，放怀恣肆，洒洒洋洋。我抬头四顾，想从这岩头背上找出影响陆蠡人品文情的景物来。东边一所东岳宫，祀东岳大帝和中国道教南宗桐柏山祖师天台人张伯端，还有吕纯阳，是一种实实在在的"道"。西边的是三义庙，奉三国刘备、关羽和张飞，是一

185

种彻头彻尾的"义"。两座庙宇均建于清代，至今依然香火鼎盛。而身后的戏台则名之曰"昭义台"。我终于寻觅到陆蠡人品文格的精髓风骨所在了！"铁肩担道义，妙手著文章"，用在陆蠡身上是最贴切不过的了。文溪一派雅畅，更化育着陆蠡艺术生命的无限神采。陆蠡曾为白蚁被根除，为谷虫被鱼食而感慨过，为蟋蟀的夭亡而伤怀过，更为白鹭的错逐而内疚过，尤其是在《囚绿记》中，他想牵一根绿藤装点居室，却不忍心枝叶的枯黄萎靡，终于把它放回到太阳光下、自然风中。这就是生命之道的根系所在啊。但反过来，这种温情体现于个人的性格上就是一种刚烈凛然的正气了。在《竹刀》里，那位无名的青年为了山民的利益将竹刀深插进奸商的肚子里，在大堂中又将竹刀插入自己的手臂，"便是这样"，潇洒到极点，也就酷到极点了。《海星》上那个为哥哥摘取满贝海星的少年，那只抛弃温暖香巢为大众受尽苦寒的麻雀，也就是陆蠡的化身了，格外显得可亲可敬可钦可爱了。陆蠡木讷迟钝的形象在世俗的眼里或许是愚痴的，但又有谁知道他并不注目的外表中所蕴含的铮铮铁骨和侠义情肠呢？同学烧焦了楼板，陆蠡毅然承担了责任致使自己被开除，潦倒的同学爱上了一位女佣，他慷慨解囊促其成就学业结为秦晋之好，上海文化生活出版社遭日寇查封后，陆蠡为了两大卡车的书独自去巡捕房交涉，日军问："蒋介石和汪精卫哪个好？"答："蒋好。""日本能占领中国吗？"答："绝对不能！"斩钉截铁，毫不含糊。一个文弱书生能达到如此的境界，谁不叹服呢？忠义志士选择的就是这么一条不归路啊！重读陆蠡的《秋稼》，的确有一种谶语的味道了。主人公是一个目不识丁的农民，感情是相当朴素的，没有半点掩饰："东洋人是中国的敌人，替敌人做事就是里通外国，这是对不起祖宗后代的。""他是愿意乐生的，动物都有生命，应当珍惜，尽管他不知道别人的生命如何爱惜。"但他绝不为敌人带路，终于被枪杀在长满秋稼的田野上，无人知晓。忽然觉得陆蠡和这老实巴交的农民已融为一体了。巴金曾经这样评价陆蠡，"圣泉这样有义气，无私心，为朋友甚至交上生命、重视他人幸福甚于自己"，就是这个"没有响声的老实人，平时没有一点英雄的样子，危机来了，却比任何人都勇敢，""他活着的时候，寂寞，孤独，痛苦，没有人关心他的存在，而死了，却被大家永远地记住。"唐弢也这样说："陆蠡以自己的生命为他从事的事业，为受难者做血的献祭，这是一种殉道，也是一种精神上的升华。"由此可见，陆蠡是集道义文章于一身的英雄，生命的精神在他的言行中体现得淋漓尽致。立言、立德、立功，中国知识分子的三大人生要义，他都做到极致了。当我在他故

◎ 岩头下陆氏宗祠

居遥望三义庙和东岳宫，倾听潺潺的文溪水时，蓦觉得陆蠡就是以道义奏出生命交响的真正壮士，只有陆蠡，真正得到天台山文化精髓的化育，只有天台山真正拥有陆蠡这样表里如一的俊逸之才！

三义庙和东岳宫的钟磬之声不绝于耳，我想这是生命中最纯洁的礼赞。我忽然想起，现在正是中秋，此刻又有谁在设香遥祭呢？他终究是三四十年代那一特定时期文化苦旅中的失乡之魂，但恰是文士中的关羽，让我顶礼鞠躬。在浙江，陆蠡同郁达夫一样，命落何方，是永远的文化之谜，或许永远难以破解，但他同样是用高尚的人格艺品在我心头点亮高挂的宝莲灯。啊，中秋本是一个节日，但我用什么来设祭呢？

几度沉思，几度凝噎。夕晖下，苍凉的陆蠡故居早已隐没无闻，如一艘沉没的不系之舟。聊以欣慰的是，陆蠡的作品相继得到出版，先后被选入各种经典选本加以评介，并被各大院校当作教材，许多专家学者评选百年百篇经典散文，都把他的《囚绿记》列在其中。在港台乃至东南亚文学界，也有专门研究陆蠡散文的论著问世。值得一提的是，台州作家蔡庆生积十数年苦功，广为搜罗陆蠡遗文旧事，编辑8万字《陆蠡传》，引起了强烈的反响。回头再凝望这陆蠡的旧居，我想若稍加修葺整理，可以改成纪念馆，作为良好的爱国主义教育基地。这也是得天独厚的人文景观，为何胡乱轻弃呢？我们怎能忍心它在风雨中倾圮湮没呢？萧瑟的秋风吹动身边的苦楝，又回荡谁的伤怀谁的叹息呢？

追怀陆蠡到平桥，我总不忍心多看他的故居一眼。而光阴一点点地斜过，殁于西天的酡红。我不得不告别了它，不知它是否安然无恙。走在满畈秋稼的田野上，始终见不到一个收获的人，我想，倘若有一个先生手捧书本，紧随我行吟于黄昏之中，那不是别人，那肯定是陆蠡的魂。

发表于《安徽文学》2005 年第 11 期

入选上海作家协会和巴金文学馆编辑的《点滴》

2008 年创刊号，此文（节选）列入人教版语文教案

1997 年 8 月初稿

2000 年 7 月改定

发表于《安徽文学》

大寒山

　　与朋友闲聊，说起当年曾有人提议，要将街头镇改名为寒山镇，倒是最好不过的事情。街头镇，多平常的名字，寒山镇多响亮，名头大着呢。唐代诗僧寒山、拾得、丰干隐居在此修禅创作，可以算是返璞归真的乡土诗人。他们并没有高贵的出身与地位，在几十里外的天台国清寺，一个是扫地的卫生工，另一个是烧饭的炊事员，而丰干大概是个吊儿郎当的游方江湖，恰恰如此，没有什么正统理念羁绊，自由地在山水林泉之间行走，可以最大限度地挥洒才情。寒石山因人扬名，寒山子因山成名，寒山诗因山与人传诵。一本寒山诗，历历三百多首，虽不入正统主流，但接地气，充满草根气息，咏赞寒石山自然风景，宣扬日常生活禅意旨趣，激励世俗启人心智，修身修德，经过岁月洗涤，早已成为享誉中外的文学经典。它富有民间性、世俗性、生活性，涵养人文典雅精神。是故，寒山、拾得被国人尊称为"和合二仙"，成为欧美青年的偶像，寒山诗成了西方人士的"圣经"。

　　三十年前，我初次进入寒石山，搜集这里的民间文学。寒山脚下，前辈何元清、陈熙、蔡达文、陈若新、胡鼎才和陈兵香等，为我讲述了许多当地口口相传的寒山、拾得故事。当时我对寒山诗比较模糊，但寒山、拾得已经在心中留下永久的印象。这

○ 寒山古街

人间唯美的大寒山，诗歌和自然的气象，在天台西部那片山水中，云蒸霞蔚，博大精深，相得益彰。

陈熙先生自小生活在寒山脚下的张家桐村，是天台山诗词学会的会员，写了很多脍炙人口的作品，字里行间充满寒山的古风。据说，寒石山上有祀奉寒山的古庙宇。当地村民尊寒山为寒山老佛，又称仙皇佛。张家桐村后的山东西走向，蜿蜒十余里，人称十里铁甲龙。一个悬崖连着一个悬崖，崖下有许多大小不一的石洞。铁甲龙南边是明岩，一个玲珑剔透的小山谷，有和尚背道姆、八寸关、五马隐、一线天、明岩洞等胜迹。可惜八寸关名存实亡，钢筋混凝土结构的大殿，挡住了五马隐，空谷也显得壅塞，灵气也没了。铁甲龙的西北面是寒岩，有幽深宽敞的寒岩洞。边上一条袅娜飘洒于风中的小瀑布，现在瀑下的深潭已被落石充满，但寒岩夕照依然是风姿犹存。寒岩洞里，有人砌了砖墙

张家桐

和灶台，建起小屋，准备筹建新的寒山寺。我想，寒山寺即使要造，也不应造在寒岩洞里，留一个原始的古洞，那该多好。

我总把张家桐与张家界等同联系，是因为吴冠中来这里写生的缘故。吴是画家，也是散文家，写了一篇《天台行》，说到张家桐的老房子，还有一个满脸泥巴拿着笔跟在他后面的实际上十几岁看上去七八岁的小女孩。几十年过去了，不知这女孩现在在干什么，估计也该为人妇、为人母、相夫教子了。我想当时吴冠中可能没注意到诗僧寒山，否则在笔下又是一番别样的情调。在张家桐村，我找到了吴冠中笔下的旧景，比如池塘边的大石，农家小弄堂和棕榈树，以及屋后如屏障一样错落的山峰，以及崖顶上或老衲或旗帜一样的怪树。一切，宁静如常。

张家桐村坐落在铁甲龙山峰背面的阴影里，溪水的南岸，这条溪大概叫作岩前溪，在村东与经过明岩的茶山（遮山）溪汇合，携手成始丰溪上游的大支流。徐霞客来游时溪水猛涨，只好请人背着涉水而过。寒岩对面岩前溪之上游，是后岸村，村民大多以打石为业。村庄周围的花岗岩，是建筑的好材料。村民想打岩是一锤子的买卖，没延续性，一开采，风景就没了。自然资源是不可再生的，最后还得找出路，何不用寒石山做生态旅游文章呢？他们先在崖下种了许多桃树，每当阳春三月，桃花灼灼映衬翠崖，成为一个独特风景，远近游客，或是情侣，或者全家，纷至沓来，穿过桃花林中，濯足桃花溪水。小住村中农家，每当晨昏，星月依稀之夜，或霞彩弥漫之时，村庄山崖皆宁静恬淡，氛围甚好。

我在清早五点起来，村庄朦胧，岩前溪起了一缕缕平流的"倒坑雾"，把村庄抬升到空中，十里铁甲龙在乳白色的雾中潜

寒山湖

藏，时隐时现，如游龙飞腾，草木云雾，甚至每家农舍，都那么灵动抒情。太阳升起，村庄屋顶明亮，反衬于黝黑逆光的山影里，更富神采。从后岸　路进去，到西山村，村前则是一片池塘，种了荷花，每到季节，荷叶田田，花朵盛开，衬托远处的寒山，更加凸显和合精神。

西边再进去，就是里石门水库了，现在雅称为寒山湖。寒山湖有寒石山、寒山诗的映衬，更添亮色。湖区里有渡船快艇穿梭，画出条条闪光的水路。两山相辏，拱手耸立如门扉一般的高坝，高峡平湖，气象万千。一湖绿水，托起诸多的山峰小岛，仿佛蓬莱仙境，如梦境朦胧。

在一个缀满绚丽落霞的黄昏，我们驱车直奔寒山湖而去。寒山湖度假村诸多小木屋错落在绿林之中，它们本是山居的小筑，就像我在北京灵山生态研究所见到的那样，而今，则令我想起杭州西湖的别墅。面对盈盈一水，远山近水皆在一望之中，丝丝缕缕的微风，贴着水面徐徐而来，撩动满湖的清波，轻拂我的脸颊。我似乎听到江南家乡温婉的絮语，那么熨帖，那么亲切。我几度浮躁的心终于安静了下来。

遥望西天，红霞绚丽，夕阳将落未落，将树林木屋镀上一片金色，太阳沉潜云层之间，给云霞山峦描上亮亮的金边，在云隙之间，道道阳光泻下，如飘荡的纱绸。云霞之下，远山如黛，在我眼里化成了莲池海会的诸佛菩萨，或坐或卧或站或立，法相庄严，不失威仪，不发一语，一切都在静穆中虔诚赞礼。我想，湖山中的每个人，都是得大自在的寒山、拾得，都是端庄慈和的高僧大德，他们的眼神里充满着无限悲悯。晚霞灼灼，天地悠悠，在亘古的空旷中，燃烧着所有的激情。悠悠波粼自天边自远山荡

漾而来，把一片华光送到我的身边，微波中闪射的光晕，照亮许多精灵，载歌载舞，击掌而歌，反复吟哦。寒山深，称我心，纯白石，弗黄金，泉声响，抚伯琴，有子期，辨此音。在波粼起伏的寒山诗韵中，我的心弦随之颤动，奏出雅畅的妙乐。

我曾几度压抑的心胸舒展开来。天色暗下来，身边路灯和每个木屋的窗口一盏盏亮了起来，水边黝黑的林子，也成了火树银花。溪滩地上放了几个帐篷，生了几堆篝火，野餐也好，露宿也好，唱歌也好，跳舞也好，都是人间的极乐，充满青春浪漫的欢乐情调。寒山湖真是年轻人休闲的好去处，除了湖上的泛舟，还可坐在林子底下的木凳上，随时可以低首倾听脚下的汩汩流水声，沐浴微风的吹拂，可以仰头遥望山头的星月，也可以品味茶中的脉脉乡情。

在凉爽的晚风中，我与朋友围坐一起交谈，形成了一个建议，何不推动天台文学作品进课堂，尤其是入选语文教材之中呢。我说，寒山诗和吴冠中写天台的散文，孙绰的天台山赋，还有徐霞客的游天台山日记，以及桃源遇仙的故事和诗歌，都是独特的乡土资源人文瑰宝，关键是我们如何推动这些乡土文学进校园。就像做茶一样，先采摘，炒制，捻制，烘干，包装，一步一步从细节上做起才对。

我们喝的寒山茶，是附近山上出产的。湖山深处，有一个名叫茶园的小村，需要坐船才能进去，山居与民风一样淳朴，原始中多少带有寒山诗的风味。灯光星光波光交辉，把一片片柔情送到我的襟怀，又带着我的情思飘向远方，我发现自己竟从来没有现在这么细柔过。我觉得寒山湖的一切事物都那么温情，那么令人沉醉。

在寒山湖畔，我们欢聚围坐，品西乡米酒，尝湖中大鱼，道文化话题，寒山文化、和合文化，不仅是天台山的，而且浙东

○ 寒岩

的，江南的，中国的，乃至东方的表征，它是地域的，也是世界的。你看寒山诗乃至苏州寒山寺在国外的风行、国际上的影响程度，就知道真的是墙内开花墙外红啊。天台是寒山、拾得的隐居地，寒山诗的原创地，奇山秀水，诗情画意，是最和美绝伦的，我们何不通过文学艺术与旅游结合的方式，将其优势发扬到极致呢？

同行朋友告诉我，在后岸村，赵金和陈文萍夫妇，因音乐结缘，组建艺术家庭，写了不少歌唱天台寒山的歌曲，广为传唱。以音乐弘扬寒山文化，是最合适的艺术选择。以一方艺术弘扬一方水土文化，达到高度和谐，是最切实可行的一条途径。我羡慕生活在这里的人们，能拥有这一带好山好水好风光，山水带给他们随和豁达的个性，宠辱不惊的心态，以及浓厚的乡土文化情怀，是有福的。他们致力于寒山文化风景品牌的打造，力求以文学艺术与现代时尚生活方式接轨，赋予寒山新的生命风貌与精神内涵。组织寒山徒步旅行比赛，把真山真水当作大赛场，并邀请音乐工作者创作演唱《风情依旧寒山湖》歌曲，在网上播放，甚为流行，词曰：

青山幽幽，绿水悠悠，三十七道湾湾望不到尽头，泛舟点点，随波漂游，浪花诉说，壮志未酬。爱也幽幽，情也悠悠，牵一首爱恋，在那古村口，多少梦幻，楼台停留，多少浪漫，一生追求……

画面优美，歌声委婉，神韵悠远，乃是一首声情并茂的佳作。

我在寒山湖夏日微凉的晨风中，于木屋前的观景台上，尽情欣赏山中的平雾和明波,在一个个美梦中苏醒。空气清新,万物更生,我的思绪更顺畅,身心更轻松,胸襟更豁达。当朝阳在山顶云雾中探身,一片温暖之光洒在我脸上的时候,梅东灶就在小木屋门口远远地招呼我了。

梅东灶的名字土得掉渣,但实在,富有诗意,房屋锅灶,砖土垒成的,墙上烟囱透出袅袅炊烟,梅花在窗外开放,太阳一样灿烂,充满乡村的无限诗意。几经交谈,我们成为知己朋友。我们同是山村农民,在自然山水和生活情感方面是非常接近的。梅东灶是方山脚下方岩村人,经常去方山顶拜谒胡公庙,对当地的民俗和民间文化尤为熟稔,后来当过公司的保卫科科长,在寒山湖上撑过船,也在外地开过武馆,搞过装修,曾经像我一样漂泊江湖。现在他是寒山湖的特色导游,能唱歌,能跳舞。有外地客人来,为他们带路,在十里铁甲龙、后岸、张家桐、寒山湖、涂鸦村等四处转悠,走寒山石径,去娄金岗,在竹子搭成的观景台上白鹤亮翅,在村口老树上金鸡独立,在路边石头上布裘破裳,扮演寒山子,敲打竹筒,用天台白话念诵寒山诗,但念诵最多的是自己即兴创作的自来曲。朋友说是顺口溜,我说是竹枝词,就像老虎灶上烧开的茶饭,味道很纯,饶有自然真趣。

寒山湖因为梅东灶,显得更有活力。人们都说他是寒山一大宝。其实在寒山,类似他这样的宝很多,比如陈兵香,出口成章,四句八对,但不会写;梅东灶则会说会写,不是写在石头上,而是写在手机里,发在微信上。他建了几个群,其中有一个山歌群。几个朋友一唱一和,许多人都被吸引过来,大家一到寒山,就找梅东灶,远近高低,没有人不知道他的大名。他扮演寒山子,情趣盎然,曾经唱到了杭州去。

　　吃了早饭，梅东灶陪我与胜前两家，驱车到涂鸦村。一路上梅东灶都在翻手机，在群里发顺口溜。他翻出他的诗作："神秀天台鱼米乡，群山环绕景色佳。飞瀑如布到处挂，奇花异草遍地长。静如处子寒山湖，休闲徒步宿茅庐。世界各地游客来，独领风骚是天台。"他的诗歌充满对家乡美景真挚的热爱，有一种洋溢奔放的自豪感、温馨感与幸福感。

　　涂鸦村名叫金满坑，名字也土得掉渣，满坑都是金子，寄托着村民的幸福愿望，可惜坐落在寒山湖西北一个山谷里，偏僻而幽静，贫穷过很长一段时间。几年前陈虹等先生选定这个村庄，开始艺术涂鸦活动，才让它变得更加有特色活力，并与寒山湖互动，吸引了更多的游人。金满坑与寒岩明岩不远，寒山、拾得也

◎ 金满坑涂鸦村

经常行走在金满坑附近的村道上，兴之所至，就随手在竹木石头岩壁和农家墙上涂写诗句，留下许多佳作，有人认为，他是涂鸦文化的祖师爷。他们想，诗画同源诗情画意，此处涂鸦最为合适，村民一致支持，于是陈达桢等当地画家，率先在金满坑村农家墙上作画，后来，许多人都来大试身手，有些是全家老小一块来的。男女老少都在墙上挥洒，书法绘画美化村庄，亲身参与其中，体会创作成功的愉悦，村里留下自己的作品，很有成就感，墙院就成了画布，村庄成了画廊。半年过去，金满坑因为乡土涂鸦火了，名声在外，有人从上海杭州一带过来，每到假日，人满为患。这可忙煞了村里人，也忙煞了导游梅东灶。

我们在村口停下来，东灶与村民很熟悉，一路打着招呼，我抬头一望，一只山鹰雄踞在村口披屋屋顶上方的山墙上，展翅欲飞，背后红日出林，前方是一棵苍劲的老树，涂鸦村竟如此先声夺人。村庄之前，两溪汇合，他带我沿着右边的溪岸东行，在一家农户墙上，呈现出温馨夜空的意境：屋瓦之下，弯月高挂，月牙两个尖角上，垂下两根绳子，系住窗台，成了一个惬意的秋千。人们坐在窗台上，手拉着绳子，就倏地荡到云端去了。小孩子高兴，年轻的情侣更喜欢，在这里"荡月亮秋千"拍照的人最多。隔溪对面，一处房子的山墙上，画了两个硕大无比的翅膀。年轻姑娘站在下面，双臂展开，翅膀就舞动飞扬起来，把她们化成了翱翔空中的天使。这两处，成为涂鸦村无可替代的标志画面。

在涂鸦村行走，总是有让人意想不到的惊吓。轰然一声，有一头恐龙，或一只猛虎破墙而出，向你冲来，令你魂飞魄散；有一头怪兽，猛然在墙中探出头来，让你们走进它张开的血盆大口中。一架飞机坠落，火光冲天，大家在下面狂奔，在惊悚中得到

愉悦。无论是作画还是画下拍摄互动的过程，都是一种独特的刺激，一种感官和精神的狂欢。

涂鸦村的山墙廊下和路边溪石，只要有空的地方，都涂满了各种风格的绘画，从古代岩画和现代的动漫，从幼稚的童趣画到传统的年画，甚或现代抽象风格的，一应俱全。墙上，行走在花丛中的一群村姑，边歌边舞，花丛与野地的草丛连成一片。人好像走进了画中，又好像从画中走出来。彩色金鱼游动，猫和老鼠在悠然对弈，藤蔓在墙上缠绕，顶着灿烂的花朵，航船驶向一片霞光，鱼儿穿梭，婴孩躺在星空被下酣然做梦，少女与小猫坐在木架子上钓鱼，女巫骑着扫帚在空中飞行，美人鱼在大海静卧遐想，大漠敦煌的香乐神悠然飞天散花，年轻情侣在美好的时刻许愿相爱，崖壁上，唐僧师徒行走于取经途中。山墙上画上荷花和寒山、拾得，绘有寒石、山村景，民间乡土风味十足，体现了和合文化的精髓。

不久前，这里举行了首届涂鸦大赛，让村庄中的老屋墙壁充满了更多艺术活力。金满坑村大多是老房子，要涂只管放手涂，那些房子闲着，但一涂大家都来，文化提升了，经济发展了。既然出名了，县外、省外、国际友人也纷纷前来，参与到自然山水村落的艺术创作中，乐而忘返。渐渐地，金满坑农家乐比肩接踵开起来了。原先一般新房子是舍不得涂鸦的，而现在村民觉得，涂得越多越光荣。有人难免要问，金满坑村庄涂满了，没的涂了怎么办。我想经过几年，一些画被自然剥落，可以再画新的，当然标志性的几幅画还是要重画保留的。金满坑里面还有村庄庙宇，房子很有特色。几个正在涂鸦的朋友在脚手架上挥洒，他看见我并向我打招呼，原来是搞平面设计和艺术策划的许绪印，他曾在中国美院接受过两年的专业培训，正在墙上画千手观音。村庄上有一些画，是他与王英枪的作品。他们把自己的思绪像盖章一样印在墙上，或如枪一样射在墙上，一个村庄就像白纸一样，好写最美的文字，好画最美的图画。忽想到，街头镇有个别名，叫作嘉图镇，这嘉图也是好涂有图。好涂有图，好图有涂啊！我们应该想，如何做到真正的好涂有图，好图有涂呢?

涂鸦村出去就是磐安的方前镇，原先也是天台管辖的地盘，本是偏僻地方，但有古道贯穿其间，直达磐安东阳，寒山、拾得也经常穿越这里的山间石径。此乃寒山诗歌中的寒山道，是展开唐诗之路最精彩的部分。这条诗路从石梁飞瀑华顶峰和国清寺那边延伸过来，经过寒岩明岩和金满坑，一直蜿蜒西去。东灶说，附近孟湖岭就是因为孟浩然走过而得名的。走在山道上，他用本土山歌曲调来唱寒山诗，别有风味："杳杳寒山道，落落冷涧滨。

◎ 明岩

203

啾啾常有鸟，寂寂更无人。淅淅风吹面，纷纷雪积身。朝朝不见日，岁岁不知春。人问寒山道，寒山路不通……"我们边走边唱，在自然风光和诗意中得到了身心的放松和解脱，一路上看山林岩泉，听水声鸟声，拾取诗歌妙句，足以抚慰平生。这诗路已经穿越地理上任何的疆界，超越思想上任何的樊篱，已经通向国外，我与寒山、拾得，与施耐德和凯鲁亚克，与比尔·波特，与走在路上的达摩流浪者相会。背着禅的行囊，寻找寒山僧踪，在空谷幽兰的清香里，我们与他们携手，一道回家。

东灶说，寒山道是最适合徒步禅的，因此，成了国内著名的旅游线路。徒步也是僧人所说的云水云游。徒步禅是生活禅，与静坐禅、空腹禅、茶禅、瑜伽禅一样，给人更多的健康和愉悦。这里本来就是徒步禅的胜地，可是，因时间匆促，寒山石径上我没有走多远，还没有深入体会徒步禅的乐趣，多少留下一些遗憾，为了生计，我不得不回到北国的都城，投入朝九晚五的人群中。但我时常想起我的大寒山，大寒山在心头召唤着我，我的朋友都在召唤着我。

我渴望时刻行走在心中的寒山道上，回到故乡大寒山的怀抱里去。